틸틸이 찾은 행복의 비밀

# 파랑새 놓아주기

틸틸이 찾은 행복의 비밀

# 파랑새 놓아주기

| | |
|---|---|
| **지은이** | 김설아 |
| **그린이** | 송민선 |

| | |
|---|---|
| **초판 1쇄 발행** | 2014년 6월 20일 |
| **2판 1쇄 발행** | 2021년 8월 18일 |

| | |
|---|---|
| **발행처** | 이야기나무 |
| **발행/편집인** | 김상아 |
| **기획/편집** | 김정예, 장원석 |
| **홍보/마케팅** | 이정화, 전유진 |
| **디자인** | 송민선, 한하림 |
| **캘리그래피** | 박민지 |
| **인쇄** | 삼보아트 |
| **등록번호** | 제25100-2011-304호 |
| **등록일자** | 2011년 10월 20일 |

| | |
|---|---|
| **주소** | 서울시 마포구 연남로13길 1 레이즈빌딩 5층 |
| **전화** | 02-3142-0588 |
| **팩스** | 02-334-1588 |
| **이메일** | book@bombaram.net |
| **블로그** | blog.naver.com/yiyaginamu |
| **인스타그램** | @yiyaginamu_ |
| **페이스북** | www.facebook.com/yiyaginamu |

| | |
|---|---|
| **ISBN** | 979-11-85860-00-8 |
| **값** | 13,500원 |

틸틸이 찾은 행복의 비밀

# 파랑새
# 놓아주기

김설아 지음
송민선 그림

이야기
나무

**틸틸이 찾은 행복의 비밀 : 파랑새 놓아주기**

# 파랑새를 찾아 헤매는
# 당신에게 보내는 편지

수많은 영수증을 날개처럼 달고 있던 가계부와
무뚝뚝한 성경책 앞에서 남몰래 수심에 잠겨 있던 엄마.

내가 옆에 온 것을 알면 정신을 차리고 웃어 보였지만
그 갑작스러운 웃음이 공기 중에 만들어 내던
슬픔의 문양을 기억한다.

그럴 때 엄마가 곰돌이가 그려진 양말 같은 것을 신고 있으면
더욱 슬픈 느낌이 들었다.
나는 무늬가 들어간 양말이 마음에 들지 않는다.

그런 순간마다 인생이란 게 무엇인지 궁금했다.
서로 어울릴 수 없을 것 같은 가계부와 성경책, 그리고
엄마의 어두운 표정과 웃고 있는 곰돌이의 얼굴.

지상과 천상의 거리는 얼마나 되는 것일까?
나는 지상에서 천국을 찾고 싶었지만

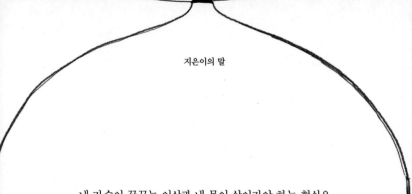

내 가슴이 꿈꾸는 이상과 내 몸이 살아가야 하는 현실은
언제나 하늘과 땅 사이의 거리만큼 멀었다.


어디에서도 천국을 찾을 수 없다고 포기하고 있을 때
조용히 찾아와서 천국의 문을 열어 준 파랑새.


내 안에서 행복해지고 싶다고 말하는 어린아이를 위해
이 글을 썼다.


파랑새를 찾는 법은 오직 파랑새를 놓아주는 것이라는
이 간단한 이야기를 길게 써야만 했던 것은
행복을 찾아 헤맨 나의 길이 손바닥의 잔금처럼 복잡하게
얽혀 있기 때문일 것이다.


이 편지가 당신에게 도착해서 당신의 방황도 그만
바라던 그곳에 도착해 쉴 수 있기를 바란다.


지은이 김설아

## 틸틸의 다이아몬드 모자처럼
## 마음의 눈을 열게 해 주기를

사람들은 저마다의 행복을 좇는다.

원하는 것을 전부 가지고 싶어 하고,
사랑하는 사람과 평생을 함께하고 싶어 하고,
고통이나 질병으로부터 자유롭고 싶어 한다.
바꾸어 말하면, 세상에는 수많은 파랑새가 있다.

『파랑새 놓아주기』를 통해 다시 읽은 파랑새 이야기는
틸틸과 미틸의 꿈 같은 모험 이야기가 아니라
말 그대로 세상 사람들의 이야기였다.

사람들이 찾아 헤매던 파랑새는
손에 넣으면 그 빛을 잃고 만다.

그럼에도 파랑새를 찾는 여정은 끝나지 않는다.
진정한 행복이 어디에 있는지 알지 못한 채.

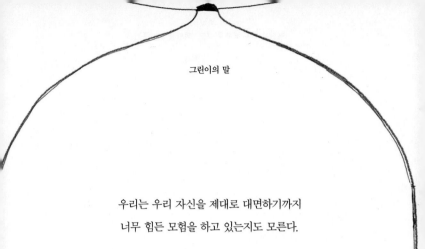

그린이의 말

우리는 우리 자신을 제대로 대면하기까지
너무 힘든 모험을 하고 있는지도 모른다.

틸틸의 다이아몬드 모자처럼
이 책이 읽는 이의 마음의 눈을 열게 해 주기를 바라며
그림을 그리고 다듬었다.

겉으로 보이는 사물과
보이지 않는 사물의 진짜 모습을 구분하고
화려한 파랑새의 신기루와
집에 있는 흰 멧비둘기를 구분하며
마침내 나를 다시 돌아볼 수 있기를.

그린이 송민선

프롤로그

# 제제에게 편지를 쓰는 이유

파랑새를 읽었다. 오랜 시간이 걸렸다. 이렇게 유명하고 오래된 이야기 속에서 새로운 무언가를 찾을 수 있을 거라는 기대는 없었는데, 예상 밖이었다. 읽는 내내 멈추고 다시 읽기를 반복하며 신대륙을 발견한 사람처럼 혼자 울고 웃었다.

틸틸과 함께한 긴 모험이 끝났을 때 제일 먼저 떠오른 것은 『나의 라임 오렌지 나무』* 속 꼬마, 제제였다. 누구보다 먼저 제제를 만나서 틸틸이 건네준 행복의 열쇠를 주고 싶었다.

제제를 처음 만난 건 열네 살 때였다. 제법 성숙하다고 자부하던 중학생이었지만 뽀르뚜가 아저씨가 죽는 장면에서 일곱 살 제제가 된 것처럼 입술 사이로 쏟아져 나오는 울음을 간신히 참으며 소설의 마지막을 읽었던 기억이 난다.

그 이후, 내 마음속엔 항상 제제가 있었다. 나는 제제처럼 뽀르뚜가 아저씨 같은 어른을 찾았다. 커다란 기둥이 되어 나를 지지해 주고 인생이라는 험난한 파도 속에서 나를 건 져내 줄 그런 어른을 말이다. 하지만 나는 그런 어른을 만 나지 못했고 그 사이 나 자신이 어른이 되었다. 겉모습은 어른이지만 마음은 아직도 구원자를 찾고 있는 어린 제제 인 채로.

어째서 찾으려고 노력하면 할수록 나는 찾는 것들로부터

---

\* 『나의 라임 오렌지 나무』는 브라질의 작가 J.M.바스콘셀로스(1920~ 1983)가 1968년 발표한 소설이다. 주인공 제제는 실직한 아빠와 삶이 고 단한 엄마, 누나와 형과 사는 다섯 살 어린이다. 아빠의 매질과 냉대 속에 서 제제는 사랑이 결핍된 상처투성이 아이로 자란다. 늘 나쁜 아이라고 혼 나면서 자란 제제는 자신이 악마로 태어났다고 믿고 있다. 제제는 라임 오 렌지 나무에게 밍기뉴라는 이름을 붙여 주고 자신의 속마음을 털어놓기 시작한다. 어느 날 우연히 뽀르뚜가 아저씨를 만나 난생 처음으로 어린아 이다운 사랑을 받게 된 제제는 아저씨를 아버지처럼 따르면서 조금씩 마 음의 상처를 덜어 낸다. 그러나 뽀르뚜가 아저씨는 갑작스러운 죽음을 맞 이하고 아저씨와의 만남을 비밀로 간직했던 제제는 그 슬픔을 누구에게 말하지도 못한 채 삶의 희망을 잃고 혼자 아픔을 견딘다.

멀어지는 느낌을 받았던 것일까? 누군가에겐 이미 주어진 듯 보이는 행복이 왜 나에게는 기를 쓰며 노력해도 가질 수 없는 이상이어야 하는 것일까? 삶이라는 것은 왜 알려고 할수록 미궁 속으로 달아나는 것일까? 삶이 무엇인지 이해하고 싶어서 나는 많은 책을 읽고 여기저기 기웃거리며 방황했다. 하지만 항상 인생은 모든 것을 알았다고 느낀 바로 그 다음 순간에 나를 배신했다.

그렇게 행복을 찾아 헤매던 어느 날 『파랑새』를 읽었다. 틸틸만큼 나도 간절했기 때문에 틸틸 옆에 선 미틸이 되어서 틸틸이 가는 곳마다 바짝 따라다녔다. 긴 모험이 끝나고 마침내 틸틸이 행복의 비밀을 발견했을 때, 그 행복의 열쇠가 내가 그토록 찾고 싶었던 뽀르뚜가 아저씨처럼 든든하게 느껴졌다.

이 든든한 마음을 제제도 느낄 수 있게 해 주고 싶었다. 뽀르뚜가 아저씨를 잃은 후 줄곧 삶의 비밀을 찾아 방황했을 어린아이에게. 그 아이는 내 안에도 있고, 삶의 한가운데서 흔들리고 있는 모든 이들의 마음속에도 있을 것이다.

제제의 이름을 빌려 당신 마음의 어린아이에게 말을 걸어
본다.

첫 번째 편지

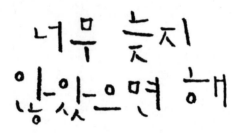

제제에게.

제제야, 오랜만이야. 너를 알게 된 지 벌써 20년이 지났구
나. 처음 너를 알았을 땐 나도 어린아이였는데, 어느새 난
어른이 되었어. 긴 시간이 흘러서 이제 네 이야기를 읽어
도 아무렇지 않을 줄 알았는데, 어른이 된 지금도 네 목
소리는 내 마음에 들어와 툭툭 아프게 박히는구나.

20년 동안 나는 많은 일을 겪었고 또 많은 사람을 만났
어. 그중에는 아무에게도 꺼내지 않았던 이야기를 조심스
럽게 들려준 사람들이 있었어. 서로 남몰래 키워 온 꿈을
보여 주고 응원을 아끼지 않았지만 갑작스럽게 병을 얻어
세상을 떠난 친구가 있었어. 내 이야기를 늘 웃으면서 들
어주었는데 어느 날 스스로 세상을 떠난 친구가 있었지.
하나의 영혼을 나눠 가진 것처럼 나와 똑같아서 서로 속
마음을 전부 보여 주고도 다시는 만날 수 없게 된 사람이
있었어.

모두 나에게 와서 제제, 너와 같은 표정을 보여 줬어. 뽀
르뚜가 아저씨를 잃은 바로 그 표정을 말이야. 나에게 와

서 감춰 두었던 자신의 약한 살을 꺼내 보이는 사람들에
게 나도 뽀르뚜가 아저씨처럼 든든한 사람이 되어 주고
싶었지만, 전혀 그렇지 못했어. 왜냐하면, 나 자신이 뽀르
뚜가 아저씨를 찾고 있는 목마른 어린아이였기 때문이야.
나는 아이들을 가르치는 선생님으로 사는 동안에도 학생
들에게 사랑을 주기는커녕 나 자신이 사랑을 찾는 것에
목말라 있었지. 왜 사는지 모르겠다고 고백하는 학생들에
게 어떤 지혜로운 말도 건넬 수 없는 무지한 어른이었어.
사실은 나 역시 같은 이유로 헤매고 있었기 때문에 아무
런 답도 줄 수 없었던 거야.

제제야. 너는 내 마음 한구석에 웅크리고 있다가 문득 울
음을 터뜨려서 네가 여전히 거기 있다는 걸 나에게 알려
주었지. 내 안에 웅크리고 있던 너에게 다시 말을 걸기까
지 이렇게 오랜 시간이 필요할지는 몰랐어. 하지만 이제라
도 너에게 편지를 쓸 수 있게 되어 다행이라고 생각해. 이
제, 너에게 내가 찾은 행복의 비밀을 들려줄게. 편지 속에
는 너와 똑 닮은 친구의 이야기가 담겨 있을 거야. 이 편
지가 너무 늦게 도착한 것이 아니기를 바라.

두 번째 편지

# 결핍은 소망을 낳고 소망은 집을 나서게 하지

크리스마스이브에 화목한 집안에서 흘러나온 불빛은 얼마나 많은 사람을 쓸쓸하게 만든 걸까? 제제, 너를 포함해서 틸틸과 미틸도 크리스마스 불빛의 희생양이 되었어.

손 닿을 듯 가까이 있지만, 내 것이 아닌 행복은 우리를 불행하게 만들어. 너무나 행복한 친구, 너무나 행복한 이웃은 우리에게 불행을 안겨 주는 암초와 같아. 그래서 모두가 행복한 표정을 짓는 크리스마스에는 더욱 많은 사람이 다른 사람의 행복이라는 암초에 부딪혀 쓸쓸해하지.

틸틸과 미틸도 크리스마스라는 덫에 걸리고 말았어. 가난한 틸틸의 집에서는 크리스마스이브 행사가 일찌감치 끝나 버렸지. 사실 행사라고 말할 것도 없었어. 여느 때처럼 조출하고 배고픈 저녁 식사가 전부였으니까. 산타 할아버지도 가난한 아이의 집에는 오지 않는다는 걸 틸틸과 미틸은 잘 알고 있었어. 엄마와 아빠는 틸틸과 미틸을 얼른 재우려고 방으로 데려갔고 이런 사정을 잘 알고 있는 두 아이는 두말하지 않고 침대 속으로 들어가 잠든 척을 했지. 그리고 엄마와 아빠가 방을 나가자마자 창가로 달려가 이웃집 창문 너머로 보이는 크리스마스 파티를 구경하기 시작한 거야.

언제나 배가 고팠던 틸틸과 미틸에게 크리스마스이브 파
티는 동화 속에만 있는 이야기였지. 그런데 그 파티가 바
로 이웃집에서 벌어지고 있다는 사실이 불행의 시작이었
어. 틸틸과 미틸은 자신들이 살고 있던 오두막집이 싫었
어. 초라할 뿐만 아니라 배고픔이 떠나지 않았던 그 집을
떠나 캐럴이 흐르고 선물 상자가 방안 가득 쌓여 있는 그
런 곳으로 가고 싶었던 거야. 틸틸은 선물 상자의 금박 포
장지를 뜯어 보면서 맛있는 케이크를 먹고 싶었어. 미틸도
치마 끝에 달린 레이스를 흔들면서 춤을 추고 싶었어. 틸
틸과 미틸은 노란 촛불이 일렁이는 아름다운 풍경 속에서
살아 보고 싶었던 거야.

행복해지는 것은 그다지 어려운 일이 아닐지 몰라. 하지만
남보다 행복해지는 것은 불가능에 가까울 정도로 어려운
일이지. 그리고 대부분의 사람들은 행복 그 자체를 원한
다기보다 다른 누구보다 행복해지기를 남몰래 원하고 있
어. 그래서 혼자일 때는 그럭저럭 살만하다가도 나보다 행
복해 보이는 누군가를 만나면 갑자기 목소리가 낮아지고

기분이 처지게 돼. 그건 아마도 사람은 끊임없이 누군가와 비교하면서 살아가도록 태어났기 때문일 거야.

그런데 이것보다 더 중요한 이유가 있어. 우리가 진짜 행복해지기 어려운 이유는 단순한 행복이 아닌 완벽한 행복을 찾고 있기 때문이야. 모두 마음 깊은 곳에서는 완벽한 것, 그럴듯한 정도가 아니라 훌륭한 이상을 원하고 있어. 욕심이 없고 평범해 보이는 사람도 마찬가지지. 현실에 맞춰 꿈을 포기한 것처럼 보이는 사람도 마음 깊은 곳에서는 자신도 모르게 완벽한 이상의 세계를 엿보고 있어. 그래서 사람들이 원하는 것에는 끝이 없지. 지금 눈앞에 있는 것을 이루면 또 다른 것을, 더 큰 것을 자꾸만 원하게 되는 거야.

물론 틸틸과 미틸이 원했던 것도 처음에는 아주 작은 것이었어. 달콤한 케이크와 크리스마스 선물, 배고프지 않은 삶. 하지만 이런 소박한 꿈이 모두 이루어지면 틸틸과 미틸처럼 순진한 아이들도 그보다 더 큰 것을 원하게 될 것이라는 걸 너도 알 거야. 틸틸과 미틸이 부러워하는 이웃집 아이도 어쩌면 더 부자인 이웃집 아이를 부러워하고 있을지 몰라. 인생은 이런 면에선 공평하다고도 할 수 있지.

이제 이웃집 창문을 훔쳐보던 틸틸과 미틸에게는 결핍이 생긴 거야. 바로 크리스마스의 불빛 때문이지. 그 불빛이 틸틸과 미틸의 마음에 커다란 결핍을 만들었어. 이제 이 아이들은 단순히 맛있는 케이크와 선물을 원하는 것이 아니야. 틸틸과 미틸은 '행복'을 원하게 됐어. 자신들이 살고 있던 오두막집에는 존재하지 않는 그런 행복이 갖고 싶어진 거야.

바로 이때, 틸틸과 미틸에게 누군가가 찾아와. 크리스마스 이브에 가난한 두 아이를 찾아온 것은 요정이었지. 그런데 이 요정은 꼽추에다 노파였어. 다리를 저는 것도 모자라 애꾸눈이었지. 설상가상으로 요정에게는 아픈 딸이 있었어. 이 요정은 틸틸과 미틸의 구원자가 되기에는 자신의 처지가 너무나도 궁핍했어. 요정은 아이들에게 무언가를 선물하기 위해 온 것이 아니었어. 도리어 틸틸과 미틸에게 파랑새를 갖고 있느냐고 묻지. 틸틸이 기르고 있는 새가 한 마리 있었지만, 그 새는 전혀 파랗지 않은 하얀 멧비둘기였어. 급기야 요정은 틸틸과 미틸에게 파랑새를 찾아 달

라고 부탁해. 자신의 아픈 딸이 행복해지기 위해서는 그
새가 필요하다면서 말이야.

제제야. 이건 정말 이해할 수 없는 부분이야. 어째서 틸틸
과 미틸이 요정의 딸을 행복하게 해 주기 위해 파랑새를
찾아와야 하는 걸까? 파랑새를 찾아오면 맛있는 케이크를
배불리 먹게 해 주겠다든가 원하는 선물을 주겠다는 제안
을 한 것도 아닌데 말이야. 그런데도 틸틸과 미틸은 얼굴
도 모르는 요정의 딸을 위해 집을 나섰단다. 그것도 행복
해지기 위해서 파랑새를 갖고 싶다는 터무니없는 소원을
들어주기 위해서 말이야. 제제야, 이것을 어떻게 이해해야
할까?

요정의 병든 딸은 사실 틸틸과 미틸의 마음속에 있는 아이
를 뜻해. 틸틸과 미틸이 미처 알지 못하는 마음 깊은 곳에
사는 아이. 이웃집 창문 너머를 보면서 무언가 결핍되었다
고 느끼던 순간, 틸틸과 미틸의 마음속에 사는 아이는 창
백하게 병이 든 거야. 틸틸과 미틸이 불행하다고 느끼고 결
핍을 느낀 순간부터 아프기 시작한 거지.

결핍은 위장을 잘하지. 결핍은 소망의 옷을 입고 우리를 유혹해. 우리는 그 소망을 행복이라는 이름으로 아름답게 치장해. 행복은 크리스마스의 불빛처럼 아름답지만, 지금 우리 곁에 없는 먼 곳의 이상이 되는 거야. 이루어야 할 소망이 생겼기 때문에 아이들은 집에서 가만히 손 놓고 있을 수 없어. 아이들은 이제 오두막집을 떠나 모험을 시작할 수밖에 없는 거야.

틸틸과 미틸은 요정의 딸을 위해 파랑새를 찾으러 떠난단다. 하지만 이것은 요정의 딸을 위한 것이 아니라 결핍으로 망가진 틸틸과 미틸 자신을 위해 떠나는 것이나 다름없어. 요정의 딸이 아픈 것이 아니라 사실은 틸틸과 미틸의 마음속 깊은 곳에 있는 아이가 아파하고 있는 거야.

틸틸과 미틸의 아픔은 '이곳에는 행복이 없고 저 멀리 어딘가에는 있다'고 생각하는 순간 생겨났어. 그 생각이 틸틸과 미틸로 하여금 결핍을 느끼게 했지. 그 결핍이 틸틸과 미틸의 마음속에 상처를 만들었고 그 상처는 행복을 찾고야 말겠다는 소망을 만들어 냈어.

그런데 왜 하필 파랑새였을까? 왜 요정의 딸은 '파랑새가 있으면 행복할 수 있다'고 생각한 것일까? 제제야, 재미있는 생각 아니니? 그저 행복해지고 싶은 것이 아니라 파랑새가 있다면 행복할 것이라 생각하는 것 말이야.

세상에 그저 행복해지고 싶다고 생각하는 사람은 별로 없어. 자신을 행복하게 만들어 줄 무언가를 찾고 있지. 아무런 이유 없이 행복할 수는 없는 거니까 반드시 무언가를 통해서만 행복해질 수 있다고 굳게 믿고 있어. 그래서 행복을 만들어 줄 무언가를 찾아야만 하는 거야. 그 무언가가 요정의 딸에게는 파랑새였던 거지.

"파랑새를 찾으면 행복해질 거야."
"지금보다 돈을 많이 벌면 행복해질 거야."
"더 좋은 집에 살게 되면 행복해질 거야."
"똑똑한 사람이 되면 행복해질 거야."
"내가 지금보다 더 나은 사람이 되면 행복해질 거야."
"내가 원하는 직업을 갖게 되면 행복해질 거야."
"나를 사랑해 주는 사람이 있으면 행복해질 거야."

제제야. 우리는 대개 이런 식으로 생각해. 행복해지기 위해서 갖고 싶은 것이 바로 파랑새야. 그래서 파랑새는 무엇이든 될 수 있어. 파랑새는 돈이 될 수도 있고, 좀 더 나은 직장이 될 수도 있어. 때로는 나를 사랑해 주는 사람이 될 수도 있지. 모두가 우러러보는 명예나 기분 좋게 만드는 칭찬도 파랑새를 대신할 수 있어. 파랑새는 사실 그 속이 텅 비어 있는 상징이라서 그 빈 곳에 우리가 갖고 싶어 하는 모든 것을 넣는다 해도 전혀 이상하지 않아.

틸틸과 미틸은 왜 하필 파랑새가 필요한지 요정에게 묻지 않았어. 왜냐하면, 틸틸과 미틸은 마음 깊은 곳에서 느끼고 있었기 때문이야. 파랑새를 찾아야 한다는 걸. 파랑새를 찾아서 행복해져야 한다는 걸. 그래서 틸틸과 미틸은 파랑새를 찾아 달라는 요정의 말을 듣자마자 망설이지 않고 집을 나서지.

만약 틸틸과 미틸이 단순히 맛있는 케이크나 선물, 혹은 부유한 집만을 원했다면 이 모험은 쉽게 끝났을 거야. 하지만 틸틸과 미틸은 행복을 찾아 집을 떠나. 그냥 행복을 찾는 것도 아니고 행복을 가져다줄 파랑새를 찾아서 떠난

거야. 이 모험은 눈으로 확인할 수 있고 손으로 만질 수 있는 것을 찾는 것보다 몇 배는 어려울 것이 분명해.

이런 무모함이 낯설지 않은 건 우리 모두 언제 어떤 이유인지도 모른 채 파랑새를 찾는 모험을 시작했기 때문일 거야. 우리는 우리가 찾고 있는 대상이 무엇인지 명확하게 알지도 못한 채 무모하게 찾아 나섰지.

중요한 건 우리가 파랑새를 원하는 것이 아니라 파랑새가 가져다줄 행복을 원하고 있다는 거야. 그래서 우리가 파랑새를 찾는 일은 그렇게 단순하지가 않아. 우리는 돈, 직장, 연인, 명예, 인정만 얻으면 되는 것이 아니라 그것들이 우리에게 줄 행복까지 얻어야만 하는 거야.

제제야. 너에게도 파랑새가 있지? 너는 좀 더 나은 집에 살고 싶어 했고 너를 때리는 아버지가 아니라 뽀르뚜가 아저씨처럼 자상한 아버지를 원했어. 기적처럼 너를 사랑하고 안아 주는 누군가를 찾았지만, 그 사람도 얼마 지나지 않아 하늘나라로 떠나고 말았어. 어느덧 밍기뉴도 너의 이야기를 들어주기에는 너무 커 버렸지. 결국, 너는 혼자 모든 슬픔을 안고 너무 일찍 철이 들어 버렸어.

제제야. 너는 아직도 뽀르뚜가 아저씨 같은 사람을 기다리고 있니? 아니면 돈을 더 많이 벌기를 바라고 있니? 성공해서 모두에게 인정받는 훌륭한 사람이 되기를 원하고 있을까? 너에게 있었던 결핍은 지금, 어떤 소망을 만들어 냈을까?

매일 스스로 나쁜 아이라고 자책하던 것이 생각나. 제제가 나쁜 아이라서 하느님이 너와 너의 집을 벌하는 거라고 말하던 어린 너의 목소리가 생생해. 제제야. 너는 지금도 어디선가 자신을 미워하며 살고 있니?

이 편지를 받고 네가 행복해지기 위해 가져야 한다고 믿었던 것을 한 번쯤은 돌아볼 수 있기를 바라. 행복해지기 위해 네가 찾아왔던 것들을. 그리고 그것들로 인해 네 삶에 찾아온 변화가 무엇이었는지 되짚어 보는 시간을 가져 보길 바라. 그리고 다음 편지에서는 조금 더 행복의 비밀에 가까이 가 보자.

세 번째 편지

# 보이는 것 너머를
# 볼 줄 알아야 해

제제야. 네가 밍기뉴와 대화하던 것이 떠오른다. 마음을
나눌 친구가 한 명도 없었던 네가 라임 오렌지 나무에 밍
기뉴라는 이름을 붙여 주고 슬플 때나 기쁠 때나 밍기뉴
를 찾아가서 조잘조잘 네 마음을 털어놓는 모습이 얼마나
귀엽고 애틋했는지. 그래, 가끔은 돌아오는 대답이 없어도
작은 풀꽃이나 화분 앞에서 말하는 것이 더 위로가 될 때
가 있어. 마음속의 새를 볼 수 있고 나무와 대화하는 법도
알았던 너에게는 지금부터 내가 들려줄 이야기가 낯설지
않을 거야.

파랑새를 찾아 떠나는 틸틸에게 요정은 다이아몬드가 달
린 모자를 씌워 줘. 요정은 다이아몬드를 돌리면 아무도
모르는 머리의 혹을 누르게 되고 혹이 눌리면 새로운 눈
을 뜨게 된다고 말해. 새로운 눈을 뜨면 사물 속에 숨어
있던 영혼이 보이고 과거와 미래 같은 새로운 차원도 볼
수 있게 돼. 다이아몬드 모자는 진실의 모자였던 거야.

사실 우리가 찾는 행복은 눈에 보이지 않는 것이지. 부유
해지기를 원하는 사람은 단순히 돈을 원하는 것이 아니라
부자가 되면서 얻게 될 행복한 느낌을 원하고 있는 거야.

사랑하는 사람을 만나고 싶은 사람도 사랑받을 때 느끼는 행복한 감정을 원하는 것이고. 사람들은 자주 착각을 한단다. 손에 쥐길 소망하는 것이 돈, 집, 연인, 명예라고. 하지만 우리가 진정으로 원하는 것은 돈, 집, 연인, 명예가 가져다줄 행복한 마음의 상태야.

마음의 상태는 눈으로 볼 수 없어. 그래서 요정은 행복을 가져다주는 파랑새를 찾아 떠나는 틸틸에게 보이는 것 너머를 볼 수 있는 다이아몬드 모자를 주었는지도 몰라.

틸틸이 처음으로 모자에 달린 다이아몬드를 돌리자 빵과 설탕, 불과 물, 개와 고양이, 시간과 빛의 영혼이 걸어 나오지. 제제야. 상상해 보렴. 깜짝 놀랄만한 광경이지. 아마 이 부분을 읽을 때 어린아이들은 기뻐서 폴짝폴짝 뛰면서도 사물 안에 영혼이 숨겨져 있었다는 사실이 당연하다는 느낌을 받을 거야.

"그래, 저게 진짜 세상이야."

제제야. 너도 그렇게 느끼지 않았니? 아마도 제제, 너를 포

함한 어린아이들은 보이지 않는 것을 볼 수 있는 눈을 가지고 있기 때문이 아닐까?

재미있는 사실이 있단다. 역사 속의 인물 중에서도 자신이 보이지 않는 것을 볼 수 있는 눈을 뜨게 되었다고 말하는 사람이 있었다는 거야. 그 눈은 '제3의 눈'이나 영지英智*라고 불렸어. 다이아몬드 모자가 머리의 혹을 누르면 보이지 않는 것을 보는 눈을 뜨게 된다는 부분에서 혹시 『파랑새』 이야기를 쓴 작가도 제3의 눈을 떴던 것이 아닐까 궁금해졌어. 그래서 작가에 대한 정보를 찾아보니 아니나 다를까, 작가도 영지를 지닌 사람으로 알려졌었대. 신비주의

---

* 절대적인 진리를 파악할 수 있는 고차적 인식 능력을 의미한다. 영지를 가졌던 대표적인 사람으로는 독일에서 발도르프 학교를 세운 루돌프 슈타이너(1861~1925)를 꼽을 수 있다. 루돌프 슈타이너는 자신이 획득한 영지를 통해 세상을 바라보았고 근대 과학이 미처 발견하지 못하는 부분을 밝혀내면서 인간에 대한 새로운 이해가 필요하다고 주장했다. 이것은 인지학의 시작이 되었고 교육, 의료, 농법, 종교, 예술 등 다양한 분야에 영향을 주었다.

Mysticism**에 관심이 많았고 보이지 않는 것을 직관하는 영지의 소유자였다는 거야.

만약 작가가 정말 보이는 것 너머를 볼 수 있는 능력이 있었다면 그는 새로운 눈으로 보게 된 세상의 비밀을 많은 사람에게 전하고 싶었을 거야. 우리가 보는 세계는 보이는 그대로가 아니라 신비를 감추고 있다고, 감춰진 신비를 보게 되면 삶과 행복에 관한 비밀을 알 수 있다고 말이야. 작가가 말하고 싶었던 삶과 행복에 관한 비밀이 『파랑새』에 담겨 있단다. 많은 이야기가 있지만, 그중 첫 번째는 바로 이거야.

---

** 내면의 세계에서 궁극적 대상과의 합일을 추구하는 것을 의미한다. 물질주의와 과학에 대한 맹신에서 벗어나 초월적 의식 상태에 도달해 이성으로 파악할 수 없는 새로운 깨달음을 얻는 것이 목표다. 이러한 신비주의적 성향을 가진 작가로는 독일의 시인 노발리스와 영국의 시인 블레이크, 워즈워스 등이 있다. 『파랑새』의 저자 모리스 마테를링크는 신비주의자인 빌리에 드릴라당을 만나 신비와 운명, 현세와 이승에 대한 새로운 인식을 얻게 되었고 이후 변호사 생활을 정리하고 본격적인 집필 활동을 시작했다고 전한다.

"행복의 비밀을 알기 위해서는 먼저 보이는 것 이상의 세계가 있다는 걸 알아야 한다."

이것이 다이아몬드 모자를 통해 작가가 전하는 첫 번째 메시지야. 우리는 보이는 것 이면을 보는 눈을 회복해야 해. 지금 당장은 어렵더라도 보이는 것이 전부가 아니라는 것을 알아야 해. 내가 알고 있고 기대하고 있는 것과는 전혀 다른 세상이 있다는 것을 받아들일 준비가 되었다면 이제 우리는 틸틸과 함께 모험을 떠날 수 있어. 제제야, 준비되었니?

네 번째 편지

지난 시간의 빛을
끌어와 현재를
비출수 없음을

제제야! 이제 본격적으로 파랑새를 찾아 나설 거야. 틸틸을 따라 떠나기 전에, 그동안 네가 행복해지기 위해 찾아 헤맸던 파랑새를 떠올려 봐. 너에게 어떤 것이 있어야 행복할 것 같은지, 네가 행복해지기 위해서 원했던 일이 무엇이었는지를. 그리고 그것을 실제로 가졌을 때 어땠는지 말이야.

보이는 것 너머의 세상을 볼 준비가 되었니? 너도 틸틸처럼 다이아몬드 모자를 쓰고 있다고 상상해 봐. 과거나 미래, 어디로든 가서 파랑새를 찾을 수 있다고 말이야. 그렇다면 제일 먼저 어디로 가 보고 싶어?

누군가 작은 주머니를 너에게 주고 행복을 담아 오라고 한다면 너는 어디로 가서 행복을 담아 올래? 만약 나라면 내가 가장 행복했던 과거로 돌아갈 거야. 이 세상이 그만 멈추어도 좋다고 생각했던 시간으로 돌아가서 그 날의 공기를 주머니에 가득 담아 올 거야.

우리가 경험했던 확실한 행복은 과거에 있어. 미래에 다가올 행복은 불확실하지. 살면서 한두 번쯤은 정말로 행복하다고 느끼는 시절을 지나게 돼. 특히나 우리가 노력해서 얻은 것이 아니라 우연히 찾아온 소중한 사람과 보낸 시간은 우리 가슴 속에 잊지 못할 기억을 남기게 되지. 그 사람은 가족일 수도 있고 친구일 수도 있고 연인일 수도 있어. 우리가 지나간 행복을 그리워하는 건 지금은 그 사람이 우리 곁에 없기 때문이야. 그런데 그 순간은 우리가 노력으로 얻은 것이 아니기 때문에 아무리 노력한다고 해도 다시 그때로 돌아갈 수 없어.

추억의 나라는 아마도 사람들이 행복해지기 위해서 가장 많이 찾는 곳일 거야. 틸틸과 미틸이 파랑새를 찾기 위해 제일 먼저 도착한 곳도 추억의 나라였어. 틸틸과 미틸에게도 다시 만나고 싶은 소중한 사람이 있었던 거야. 할아버지와 할머니, 그리고 일찍 하늘나라로 떠난 가여운 동생들까지. 모두 다시 만나고 싶은 소중한 사람들이었지.

틸틸과 미틸이 추억의 나라에 도착했을 때 저 멀리 할아버지와 할머니가 보였어. 살아계셨을 때와 똑같은 모습으로 틸틸과 미틸을 반겨 주셨지. 죽은 줄만 알았던 어린 동생들도 건강한 모습으로 인사했어. 틸틸이 과거에 있었던 무

언가를 생각하면 모든 것이 예전과 같은 모습으로 되살아
났어. 모든 것이 다 제자리에 아름다웠던 모습 그대로 살
아 있었던 거야.

할아버지는 틸틸이 몰랐던 사실을 말씀해 주셨지.

"우린 항상 여기에 있단다. 너희가 생각할 때마다 우리는
다시 살아나지."

제제야. 이것은 지나간 과거가 우리에게 들려주는 말일 거
야. 과거는 그 모습 그대로 살아 있고 우리가 떠올리기만
하면 다시 만날 수 있다는 의미지.

틸틸은 여기서 작고 파란 티티새를 발견해. 파랑새가 바로
추억의 나라에 살고 있었던 거야. 반갑고 기쁜 마음에 파
랑새를 잡아서 새장에 넣고 틸틸과 미틸은 급히 추억의 나
라에서 돌아왔어. 그런데 돌아와서 새장 속을 들여다보니
파랬던 티티새는 검게 변해 있었지.

이것이 틸틸과 미틸의 첫 번째 실패야. 아름다운 추억은

그 자리에 그대로 살아 있었어. 우리가 사랑했던 사람도
그 시간 속에 여전히 살아 있었지. 하지만 추억의 나라에
서 가져온 파랑새는 검게 변해 있었어. 제제야. 이건 어떤
의미일까?

과거에 경험했던 행복, 우리는 그것을 되찾으려고 과거의
기억 속으로 한참을 파고 들어간단다. 기억 속에서 행복했
던 시간과 똑같은 촉감, 똑같은 온도, 똑같은 냄새를 되살
려 내면 그때의 행복을 움켜쥐고 현재로 가져오려 하는 거
야. 하지만 눈을 떠보면 그 행복은 사라지고 없어. 현재는
과거와 전혀 다른 모습을 하고 있기 때문이지.

간신히 과거의 행복을 움켜쥔다고 해도 그 행복은 움켜쥔
손가락 사이로 모래처럼 흘러내리고 말지. 결국, 우리에게
남는 것은 과거는 이미 사라져 버렸고 결코 되돌릴 수 없
다는 뼈아픈 슬픔뿐이야.

『파랑새』의 작가도 이런 경험이 있었던 것이 아닐까? 아마
도 작가는 일생을 걸어서라도 돌아가고 싶은 행복한 추억
이 있었을 거야. 어쩌면 그는 자신을 다 내어 줄 만큼 사

랑한 여인이 있었는지도 모르지. 어느 날 한 여인을 만나 사랑에 빠졌을 것이고 그 여인의 눈동자 속에서 자신이 살고 싶은 곳을 발견했을 거야. 시간이 멈추고 이 순간이 아닌 것은 모두 지워져 버린 마법의 공간에서 작가는 영원이란 시간이 아니라 감각이라는 것을 배웠을 거야. 언제까지나 사랑하는 여인과 함께 그곳에서 살고 싶었겠지.

하지만 삶은 어떤 이유인지는 알 수 없지만 그에게서 사랑하는 여인을 빼앗아 갔을 거야. 그 후로 작가는 오랫동안 추억 속에 희미하게 남아 있는 행복의 흔적을 찾아 헤맸겠지. 삶 전체가 아름다웠고 충만했던 그 순간을 되찾고 싶었겠지만, 번번이 실패했을 게 뻔해.

작가는 자주 눈을 감고 과거를 떠올리려고 애썼을 거야. 눈을 감았을 때 어쩌다 사랑하는 여인을 만나면 예전과 같은 행복에 빠져서 그 시간이 영원하기를 바랐겠지. 그렇지만 눈을 뜨면 한 꺼풀에 불과한 얇은 장막을 경계로 행복은 온데간데없이 사라져 버린다는 것을 그는 일백 번, 일천 번 반복하며 깨달았겠지.

추억의 나라로 가서 파랑새를 잡아도 현재로 돌아오면 그 새는 검게 변한다는 것은 이런 경험을 돌려서 이야기한 것이 아닐까?

제제야. 너도 잘 알 거야. 사랑하는 뽀르뚜가 아저씨를 하늘나라로 보내고 네가 얼마나 많은 시간을 기억 속에서 헤맸니? 하지만 제제야. 너도 결국 인정하게 되었겠지. 시간이라는 것은 결코 되돌릴 수 없다는 것을. 과거는 기억할 수는 있지만, 현재가 될 수 없다는 걸 말이야. 그게 이 세상의 잔인한 법칙이니까. 우리는 절대로 과거의 행복을 복원할 수 없어. 과거의 행복을 끌어다가 현재로 가져올 수는 없는 거야.

하지만 우리는 그렇게 하려고 부단히 애쓴단다. 몇 번이나 시도해. 떠나간 사람을 돌아오게 하려고, 죽은 이를 살려내려고, 젊음을 되돌리려고, 어린 시절로 돌아가려고 노력해. 우리는 얼마든지 긴 시간을 그렇게 보낼 수 있단다. 되지 않을 일이라는 걸 알면서도.

과거의 행복이 인생에서 경험할 수 있는 유일한 행복이라

고 믿는다면 더더욱 벗어날 수 없어. 죽은 이의 묘지 앞에
집을 짓고 살 수도 있는 것이 사람이야. 사랑했던 이를 가
슴에 품고 평생을 외롭게 살아갈 수도 있어. 젊음을 되돌
리려 위험한 수술을 감행할 수도 있고 친구들을 만나서
몇 날 며칠을 과거에 누렸던 영화榮華를 이야기하며 보낼
수도 있지. 우리가 경험했던 확고한 행복이 손을 뻗으면
닿을 만큼 가까이 있으니 돌이킬 수 없다는 것을 받아들
이지 못하는 거야. 과거를 되돌릴 수 없다는 것을 머리로
는 알지만 받아들일 수 없는 거지. 하지만 돌이키려 할수
록 괴로워진다는 것도 우리는 알고 있어.

제제야. 추억의 나라에서 할아버지가 틸틸에게 했던 말을
떠올려 보자.

"우린 결코 죽지 않아. 우린 너희가 떠올릴 때마다 다시 살
아난단다."

할아버지가 틸틸에게 했던 말은 무슨 뜻일까?

우리는 과거가 사라졌다고 믿기 때문에 그것에 더욱 매달

리게 돼. 하지만 우리가 기억하는 한 여전히 살아 있는 과거를 만날 수 있다면 어떻게 될까? 과거가 살아 있고 언제든지 내가 찾아가면 되살아난다는 것을 알게 된다면 과거를 되찾으려는 노력을 멈출 수 있어. 목숨보다 소중하게 여겼던 시간이 있는데 그것이 사라져 버렸다고 믿는다면 오히려 과거로 돌아가기 위해 몸부림을 치게 되지. 제제야. 이것은 참 아이러니한 이야기야.

엄마가 집에 있다는 걸 잘 아는 아이는 밖으로 뛰어나가 마음껏 놀 수 있어. 하지만 엄마가 언제 사라질지 모른다고 생각하는 아이는 계속해서 집 주변을 맴돌며 제대로 뛰어놀지 못하지. 과거가 사라질지도 모른다고 믿으면 오히려 과거에 더 집착하게 되는 건 바로 이런 거야.

과거는 과거에서 계속 살아 있도록 놓아주어야 해. 과거의 빛은 과거에서 빛나야 하는 거야. 지나간 시간의 빛을 억지로 끌어다가 현재를 비추려고 해선 안 돼. 기억 속의 파랑새는 기억 속에서만 살 수 있는 거야.

추억은 추억으로 살아 있게 남겨두고 우리는 현재로 와야 해. 그럴 때 추억은 아름다울 수 있어. 아름다웠던 날들이 여전히 살아 있고 언제든 떠올리기만 한다면 만날 수 있다는 생각이 우리를 과거에 대한 집착에서 벗어나게 해 줄거야. 우리는 이것으로 만족해야 해. 그렇지 않고 추억의 나라에서 현재로 파랑새를 잡아 오려 하면 그 새는 검게 변해 버리고 마는 거야.

제제야. 이걸 꼭 기억해. 행복했던 시간은 우리 안에 언제까지나 살아 있다는 걸. 우리는 언제든지 그 시간을 떠올리고 그 안에서 사랑했던 사람을 만날 수 있어. 그걸 믿을 수 있을 때 우리는 과거는 과거대로 남겨두고 계속 살아갈 수 있어. 그러면 더는 과거의 행복을 현재로 가져오려고 애쓰지 않게 될 거야.

파랑새를 찾아오려는 첫 번째 시도는 이렇게 실패로 끝났지만 틸틸은 중요한 것을 배웠어. 과거는 여전히 살아 있다는 것. 하지만 진정한 행복은 과거에서 가져올 수 있는 것이 아니라는 것도.

# 네 번째 편지

다섯 번째 편지

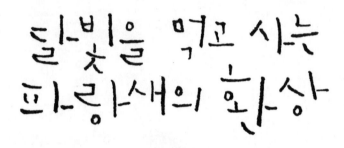

달빛을 먹고 사는
파랑새의 환상

파랑새를 찾아서 두 번째로 간 곳은 밤의 궁전이었어. 밤의 궁전은 행복을 찾기 위해 반드시 거쳐야 하는 인생의 어두운 면과 밝은 면을 모두 보여 주는 곳이야. 한마디로 밤의 궁전은 인간 세상의 축소판 같은 곳이라고 할 수 있어. 밤의 궁전은 많은 상징을 가지고 있는 곳이라 쉽게 이해하기 어렵겠지만 틸틸과 미틸을 따라 천천히 둘러보기로 하자.

밤의 궁전에는 모든 악과 재앙과 질병처럼 무시무시한 것은 물론 태초부터 삶을 슬프게 하는 모든 신비한 것들이 있었어. 밤의 여왕은 이것들을 잘 달래서 동굴 같은 방에 가두고 문을 잠가 두었지.

빛의 영혼은 틸틸에게 밤의 궁전 안에 있는 모든 방을 보아야 한다고 당부하고 밤의 궁전 앞에서 기다려. 틸틸과 미틸은 무섭지만, 파랑새를 찾기 위해 밤의 여왕을 설득해 열쇠를 받아 내지. 틸틸과 미틸은 밤의 여왕이 어렵사리 지키고 있던 방들의 문을 열어젖히기 시작했어. 여왕은 제발 그러지 말라고 애원하지만 틸틸은 여왕의 말을 무시한 채 질병의 방, 전쟁의 방, 재난의 방을 차례로 열고 들어가서 파랑새가 있는지 확인하기 시작했어. 하지만 어디에도 파랑새는 없었지.

그중 밤의 빛들이 모여 있는 방이 있었는데 거기에는 밤의 향기와 도깨비불, 개똥벌레, 그리고 투명한 이슬이 살고 있었어. 그들은 햇빛을 무서워했는데 오직 어둠 속에서만 자신들이 빛날 수 있었기 때문이야. 물론 이 방에도 파랑새는 없었단다.

틸틸과 미틸이 밤의 궁전에 있는 마지막 방 앞에 섰을 때 이 방이야말로 공포와 두려움으로 가득한 끔찍한 방이라며 여왕은 문을 열지 말라고 부탁했어. 하지만 틸틸은 결국 이 문을 열고 말아. 그런데 놀랍게도 그 방에는 비현실적으로 아름다운 정원이 펼쳐져 있었지. 하늘에는 달빛이 가득했는데 수천 마리, 어쩌면 수십억 마리의 파랑새가 아름답게 날고 있었어. 파랑새는 달빛을 먹으면서 그곳에 살고 있었던 거야.

틸틸과 미틸은 잡을 수 있는 만큼 많은 파랑새를 잡았어. 그리고 기쁜 마음으로 밤의 궁전을 빠져나왔지. 기다리고

있던 빛의 영혼을 만나 새장을 내밀었어. 그런데 새장 속엔 죽은 새들만이 남아 있었어. 달빛을 먹던 파랑새들은 모두 죽어 있었던 거야. 빛의 영혼은 슬퍼하는 틸틸과 미틸에게 말해.

"한낮의 빛 속에서 살 수 있는 새를 잡은 게 아니야."

제제야. 밤의 궁전은 바로 인간 세상이야. 잘 살펴보면 밤의 궁전 안에 있는 모든 것들은 서로 완전히 반대되는 것들로 이뤄져 있다는 것을 알 수 있단다. 밤의 궁전의 한쪽에는 인간 세상의 온갖 어둠과 우리가 피하고 싶은 두려운 것이 전부 살고 있었어. 그리고 다른 한쪽엔 이 모든 것과 완전히 대조되는 아름답고 환상적인 꿈과 이상이 살고 있었지. 서로 반대되는 것들이 쌍을 이루고 있는 거야.

밤의 궁전에 살고 있는 어둠과 공포, 두려움은 인간의 세상에서 우리가 느끼는 현실적인 결핍을 의미해. 그렇다면 그 반대편에서 달빛을 먹으며 살고 있는 파랑새는 무엇을 의미할까?

먼저 달빛에 대해 생각해 보자. 틸틸과 미틸이 찾는 건 한낮의 빛 속에서 살 수 있는 파랑새야. 그렇다면 달빛과 한낮의 빛은 뭐가 다른 걸까? 달은 스스로 빛나는 것이 아니라 태양의 빛을 반사해서 빛나는 것이란다. 반면에 태양은 스스로 빛을 내지. 또 달빛은 어둠 속에서만 빛이 나. 달은 빛나기 위해서 반드시 어둠이 필요해. 어둠이 없으면 달빛도 없는 거야.

이런 달빛을 먹고 사는 파랑새는 무엇을 의미하는 걸까? 달빛을 먹고 사는 파랑새는 현재의 결핍으로부터 태어난 미래의 행복을 의미하는 거란다. 불행한 현재와는 다른 행복한 미래를 우리는 꿈과 이상이라는 이름으로 부르고 있지.

그런데 달빛을 먹고 사는 새는 사실 어둠에 의지해서 살아가는 새야. 그 새들은 밤의 궁전에 있는 모든 질병과 전쟁, 재앙과 재난, 무시무시한 공포와 두려움이 필요해. 어둠이 없다면 달빛도 없을 테니까 말이야.

우리는 가난을 경험할 때 이 가난이 사라질 미래의 부유한 삶에 대한 꿈을 꾸지. 전쟁 속에서 미래의 평화로운 날을 꿈꾸고 외로움 속에서 사랑으로 가득한 미래를 꿈꾸는 거야. 이 모든 꿈은 현재의 결핍으로부터 태어나 미래에 다가올 행복이라는 이름으로 우리의 마음속에 자라게 돼.

하지만 슬프게도 달빛을 먹고 사는 새로 표현된 미래의 행복은 어둠과 공포, 다시 말해 현재의 결핍을 먹고 사는 존재란다. 어둠 없이는 스스로 빛날 수 없는, 허상인 거야. 그래서 이 환상의 새는 현재에서는 결코 살 수 없는 거지. 그래서 밤의 궁전에서는 환상적으로 아름답게 빛났지만 어둠이 사라진 한낮의 빛 속에서 모두 죽어 있었던 거야.

흔히 우리가 말하는 꿈과 이상은 달빛을 먹고 사는 새와 닮았어. 우리는 마음속에 꿈을 품고 이것이 이루어질 미래를 기다려. 현재에 있는 어둠은 모두 없애고 그것과 반대되는 빛나고 아름다운 미래로 가고 싶어 하지. 현재의 결핍을 충족시키기 위해 우리가 만들어 낸 미래의 행복이라는 그림은 잠시 동안은 환상적으로 빛을 내며 우리를 행복하게 해 주는 듯하지만 사실은 현재의 결핍을 잠시 감추는 역할을 할 뿐이야. 결국, 미래의 행복은 현재의 결핍에 의

지혜야만 존재하는 신기루와 같은 허상이란다.

밤의 궁전은 우리가 살아가는 이 세상이 어떻게 이루어져 있는지를 잘 보여 주고 있어. 빛과 어둠, 선과 악, 정의와 불의, 평화와 전쟁, 부와 가난, 건강과 질병. 세상은 이런 대조적인 짝들로 이루어져 있지. 우리는 이들 중 어느 한쪽을 얻고 싶어 하고 어느 한쪽은 피하고 싶어 해. 빛과 선, 정의와 평화, 부와 건강은 얻으려 애쓰지만 어둠과 악, 불의와 전쟁, 가난과 질병은 없애려고 하지.

밤의 여왕처럼 우리는 어둡고 공포스러운 것들을 동굴 안에 가두고 문을 잠그고 싶어 해. 그것들이 세상으로 나오지 못하도록 영원히 가둬 두고 쳐다보고 싶지 않은 것이 인간의 마음이야.

하지만 모든 것은 동전의 양면처럼 한 몸이야. 빛은 어둠이 없으면 빛날 수 없어. 사실, 선은 악이 있어야만 자신이 선이라는 것을 드러낼 수 있어. 부유함은 가난이 있어야만 자신을 드러낼 수 있고 정의는 불의 속에서 빛이 나.

그래서 이런 일도 생길 수 있어. 선한 사람이 되고 싶은 사람은 악한 사람이 있어야 자신의 선함이 빛날 수 있다는 걸 알고 무의식적으로 다른 사람을 악한 사람으로 만들기도 해. 스스로 정의롭다고 믿는 사람은 정의롭지 못한 상황을 만들어서 자신이 정의의 편에 서는 모습을 보려고 하지. 정의와 불의는 정반대의 것처럼 보이지만 사실은 한 몸을 이루고 있어서 서로가 없다면 살 수 없는 거야.

달빛을 먹고 사는 파랑새는 비교를 통해서만 느낄 수 있는 행복을 의미하기도 해. 우리는 병에 걸린 사람을 보면 이렇게 생각하곤 해.

"나는 저렇게 병들지 않고 건강하니 참 행복하다."

또, 나보다 가난한 사람을 보면 이렇게 생각하지.

"나는 저렇게 가난하지 않으니 참 행복하다."

하지만 이런 행복은 아주 얄팍한 행복이야. 이런 행복은 비교를 통해서만 느낄 수 있는 행복이지. 그 행복 뒤에는 언제든 어둠이 우리를 덮칠 수 있다는 불안과 두려움이 도사리고 있어. 절정의 인기를 누리고 있는 유명 인사가 극도의 불안감을 동시에 느끼는 것은 사실 당연한 거야. 이런 행복 역시 스스로 빛날 수 없는 허구의 행복이지. 선은 악과 한가족이고 부유함은 가난과 한가족이고 건강은 질병과 한가족이라는 걸 모르면 허구의 행복에 마음을 빼앗겨 점점 더 멀리 있는 이상을 좇다가 밤의 궁전에 갇혀버리고 말아.

제제야. 밤의 궁전에도 우리가 찾는 진정한 행복은 없단다. 우리가 꿈꿀 수 있는, 미래에 다가올 그 어떤 행복도 허상이야. 우리가 현재와 다르게 그려 본 그 어떤 그림도 진정한 행복이 될 수는 없다는 거야. 그건 현재의 불행을 잠시 잊게 하는 마약과 같은 것이지. 또한, 남들과 비교해서 우리가 좀 더 낫다고 느끼는 행복도 스스로 빛나는 진정한 행복이 될 수는 없단다.

그래서 이 세상 그 어디에도 우리가 찾는 파랑새는 없다는 걸 알아야 해. 언젠가 이루어질 것이라고 믿고 있던 꿈은 사실 지금 우리가 품고 있는 두려움일 뿐이야. 이것이 밤의 궁전이 들려주는 행복의 비밀이란다.

제제야. 이 말을 받아들일 수 있겠니? 이 세상 어디에도 우리가 찾는 행복이 없다는 사실을 말이야. 우리가 꿈꾸는 행복이 두려움과 어둠을 토대로 하고 있다는 것도 받아들일 수 있겠니? 더구나 이 모든 것이 행복의 비밀이라는 걸 받아들일 수 있겠니?

나는 틸틸과 미틸이 밤의 궁전에서 겪는 일을 지켜보면서 한동안 충격에 빠져 있었어. 내가 그동안 간절히 원했던 꿈들이 모두 이루어져도 진정으로 행복하지 않을 거라는 사실을 믿기 힘들었어. 나는 항상 지금 가진 것보다 더 좋은 것을 찾아서 움직여 왔는데 사실은 그게 행복을 향해 다가간 것이 아니라 단지 지금 놓여 있는 현실로부터 달아나려는 발버둥이었는지도 모른다는 것이 허무했어. 무엇보다 세상 어디에도 행복은 없다는 것을 받아들일 수 없었어.

이 세상의 그 무엇도 우리를 진정으로 행복하게 해 줄 수 없어. 이 말이 너에게 절망일까? 아니면 희망일까? 이제 틸틸과 미틸은 어디로 파랑새를 찾아 떠나야 할까?

제제야. 지금 네가 느끼는 것이 절망이든 희망이든 그 느
낌 속에 한동안 머물면서 밤의 궁전이 들려주는 말을 새겨
보기를 바라. 그리고 다음 편지에서는 또 다른 곳으로 파
랑새를 찾으러 가 보자.

여섯 번째 편지

# 실패뿐인 모험이
# 우리에게 주는 것

제제야. 이제 세 번째 세계로 떠날 차례야. 추억의 나라에
서 데려온 파랑새는 검게 변했고 달빛을 먹고 사는 파랑새
는 죽고 말았어. 이제 과거도 미래도 아닌, 심지어 인간 세
상도 아닌 곳에서 파랑새를 찾아야 해. 그래서 틸틸과 미
틸이 찾아간 곳은 바로 자연의 세계, 숲이었어.

틸틸과 미틸이 세 번째로 찾아간 곳이 자연의 세계라는 것
이 재미있지 않니? 많은 사람이 실제로 그렇게 하잖아. 지
난날의 추억에서 행복을 찾으려 애쓰고, 세상에서 꿈과 이
상을 찾아 고군분투하다가 그래도 행복을 찾지 못하면 자
연을 찾아가는 것이 꼭 틸틸과 미틸 같아.

사람들이 행복을 찾기 위해 자연으로 갈 때에는 두 가지
이유가 있어. 자연을 이용해서 행복해지려고 하거나 세상
은 잊고 자연을 벗 삼아 동화되어 살려는 것이지. 전자는
이미 우리가 많이 해 왔고 지금도 하고 있는 일이야. 후자
는 현대 사회가 추구하는 방향과는 정반대이기는 하지만
소수의 사람이 끊임없이 시도하고 있는 일이고.

오랫동안 사람들은 자신의 행복을 위해 자연을 이용하고

그 위에 군림해 왔어. 결과적으로 자연은 파괴되었고 그 영향으로 인간의 삶마저 피폐해지기 시작했지. 그것은 진정한 행복으로 가는 길이 아니었어.

한편 인간 세상에 지친 사람들은 자연으로 돌아가기를 원했지. 하지만 인간이 자연 속의 식물이나 동물 같은 존재가 될 수는 없어. 자연 그대로를 유지하며 사는 것은 삶의 또 다른 방식일 수도 있지만, 인간 세상을 떠나 자연으로 돌아가면 무조건 행복이 있을 것이라 생각하는 것은 어리석은 일이야.

제제야. 우리가 아기였을 때는 본능대로 살면 그만이었지. 하지만 우리의 몸이 자라면서 동시에 생각도 자랐고 우리는 무슨 일에서든 선택을 하게 되었어. 이것은 동물에게는 없는 것이란다. 본능대로 사는 것, 자연 그대로 사는 것은 인간에게 쉬운 일이 아닌 거야. 왜냐하면, 우리에게는 이성이 있기 때문이야. 그것은 우거진 나무에 둘러싸인 오두막집에서도 변함없는 사실이지. 우리가 인간 세상을 떠나 홀로 자연으로 들어간다 해도 우리는 생각하고 선택하는 인간의 처지에서 벗어날 수 없어. 우리는 나무나 동물처럼 자연 상태 그대로 행복할 수는 없는 거야.

자연은 분명 파랑새를 품고 있었지만, 그것은 자연의 것이었지 인간의 것은 아니었어. 파랑새를 찾으러 틸틸과 미틸이 숲 속으로 갔을 때 나무와 동물은 모두 겁에 질렸고 숲 속의 파랑새를 더 깊은 곳으로 숨게 만들었어. 가장 나이 많고 지혜로운 떡갈나무는 틸틸에게 이렇게 말했지.

"넌 파랑새를 찾고 있지. 우리를 보다 가혹하게 지배하기 위해서 말이야. 사물과 행복에 대한 비밀을 찾아서 우리를 이용하려고 하는 거지."

제제야. 이 말은 무슨 뜻일까? 인간이 지금껏 자연에서 행복을 찾기 위해 했던 잔인한 행동을 꼬집고 있는 말이 아닐까? 자연의 입장에서 인간이 파랑새를 찾는 일이란 자연을 제멋대로 파괴하는 일이었던 거야.

이 이야기 속에서 나무와 동물의 영혼이 인간을 그대로 닮은 모습으로 등장한다는 걸 눈여겨봐야 해. 그건 바로 나무와 동물이 인간의 모습을 그대로 비추는 거울과 같은 역할을 하고 있기 때문이야. 행복이 결핍된 상태로 자연을 찾아가 봤자 우리는 우리와 똑같은 모습을 한 결핍된 자연만을 만나게 될 뿐이라는 거야. 우리가 행복을 찾기 위해서 자연을 이용하려고 다가서면 자연 역시도 인간을 향해 위협적인 모습을 보여 준다는 뜻이기도 하고.

우리는 인간으로부터 달아날 수 없어. 자연은 행복을 찾아 사회로부터 도망친 사람을 자신의 일부로 받아 주지 않아. 이런 인간을 대하는 자연의 방식은 우리가 도망치고 싶어 했던 인간의 모습 그대로지.

틸틸은 숲 속의 파랑새를 손에 넣지 못했어. 숲이 더 깊숙한 곳에 파랑새를 숨겼기 때문에. 숲에서 파랑새를 찾지 못한 틸틸과 미틸은 이제 죽은 사람들 곁에 있을지도 모르는 파랑새를 찾아 묘지로 가게 돼.

제제야. 틸틸과 미틸이 파랑새를 찾으러 묘지로 갔다는 것은 어떤 의미일까? 죽은 사람들, 혹은 사후 세계나 죽음이라는 현상 안에 행복에 대한 비밀이 있을 거라고 생각한 거겠지? 때때로 사람들은 죽은 영혼에게 우리를 행복하게

해달라고 기도하기도 하고, 스스로 죽음을 택함으로써 불
행을 끝내려고도 해. 또, 윤회와 전생이라는 신비로운 비
밀 속에서 행복을 찾으려는 사람도 많이 있어.

그런데 틸틸과 미틸이 잔뜩 긴장한 채로 묘지 앞에 서서
다이아몬드를 돌렸을 때 묘지의 진실이 드러났어. 거기에
는 죽은 사람이 한 명도 없었지. 그곳은 사실 무덤이 아니
라 결혼식이 열리는 정원이었던 거야. 묘지는 죽은 사람들
이 새로운 생명과 결혼하는 장소였어. 공포가 가득했던 무
덤에는 생명을 위한 찬가가 울려 퍼지고 있었어.

이렇게 틸틸과 미틸은 자연의 세계에서도 묘지에서도 파랑
새를 찾지 못했어.

파랑새는 과거의 추억 속에도 없었고 인간 세상에도 없었
고 자연의 세계에도 없었고 심지어 죽음의 세계에도 없었
던 거야.

결론은 과거와 미래, 그리고 세상 그 어디에도 우리를 행
복하게 만들어 줄 파랑새는 없었다는 거야. 이 이야기는

너무도 확고하게 말하고 있어.

"파랑새는 세상 그 어디에도 없다."

제제야. 이제 우리가 알게 된 행복의 비밀은 두 가지가 되었어. 첫 번째는 파랑새를 찾기 위해 우리는 보이는 것 너머의 세상을 볼 수 있어야 한다는 것이고, 두 번째는 우리를 행복하게 해 줄 파랑새는 이 세상 어디에도 없다는 사실이야.

제제야. 너무 황당한 결론이지? 세상 어디에도 파랑새가 없다니! 이제 틸틸과 미틸은 어떻게 해야 하는 걸까? 다음 모험을 떠나기 전에 행복의 두 가지 비밀에 대해 곰곰이 생각해 보고 질문해 보고 곱씹어 보길 바라. 그렇지 않으면 우리는 또다시 추억의 나라로, 밤의 궁전으로 파랑새를 찾으러 되돌아가야 할 테니까.

일곱 번째 편지

# 가짜 행복과 진짜 행복

제제야. 지난번 이야기가 충격적이지는 않았니? 세상 어디
에도 우리를 행복하게 해 줄 수 있는 파랑새가 없다는 사
실을 네가 어떻게 받아들였을까?

난 세상 어디에도 파랑새가 없다는 부분을 읽고 한동안
다음 장으로 넘어가지 못한 채 멍하니 있을 수밖에 없었
어. 첫 느낌은 혼란스러운 실망감이었지. 이 세상에 나를
행복하게 해 줄 것이 없다니! 실망스러울 수밖에.

그리고 이것이 진짜인지, 정말 나를 행복하게 해 준 것이
없었는지 한참 생각했지. 분명히 나를 행복하게 만들어 준
것이 있었단 말이야. 사람들에게 칭찬받을 때, 갖고 싶던
선물을 받았을 때, 가고 싶었던 직장에 들어갔을 때, 좋아
하는 사람과의 우연한 만남, 사랑하는 사람과 함께 보냈던
시간, 가족과 떠났던 여행……. 그런데 이런 것들은 모두
손에 쥐고 나면 사라지고 변하는 것들이더라. 아니면 가지
고 있는 내내 잃어버릴까 두려웠던 것들이었어. 내가 찾는
것은 영원하고 변치 않는 행복인데 말이야.

이 세상에 영원히 변치 않는 행복은 없다는 사실을 조금

씩 받아들이게 된 후에는 실망감이 자유로움으로 바뀌어 갔어. 세상으로부터 받아 내야 할 것이 없다고 생각하니 자유로워진 거야. 어떤 사람에게서 무언가를 얻어내야 한다고 생각하면 그 사람과 만나는 시간이 불편하고 괴롭잖아. 그런데 아무것도 얻어낼 것이 없다고 생각하니 자유로운 느낌이 들었고 그 느낌이 싫지 않았어. 제제야. 그건 정말 새로운 경험이었어.

하지만 그 느낌은 알맹이가 빠져 있는 자유로움이었던 것 같아. 우리는 아직 행복의 비밀을 다 알지 못한 거야. 조금 더 가 보자. 이제 행복의 정원으로 들어갈 차례야.

이번에는 빛의 영혼이 앞장서서 틸틸과 미틸을 행복의 정원으로 데리고 갔어. 빛의 영혼은 지금까지 항상 안내만 해 주었을 뿐 추억의 나라나 밤의 궁전, 숲, 묘지에는 함께 들어가지 않았지. 그런데 이번에는 직접 틸틸과 미틸을 이끌고 행복의 정원으로 들어가. 자신을 두려워하는 행복들이 놀라지 않도록 베일을 쓴 채로 말이야. 빛의 영혼의 정체가 무엇인지 궁금하지? 빛의 영혼에 대해서는 다음에 또 이야기하자.

빛의 영혼은 틸틸과 미틸에게 행복의 정원을 보여 주면서 이곳은 둘로 나뉘어 있다고 소개해. 간단히 소개하면 행복의 정원은 가짜 행복과 진짜 행복이 사는 곳으로 나뉘어 있어. 가짜 행복이란 사람들이 흔히 행복이라고 부르는 것을 뜻하지. 우리가 쉽게 행복이라고 여기지만 진정한 행복이 아닌 것을 말하는 거야.

가짜 행복이 사는 정원에는 지상에서 가장 뚱뚱한 행복들이 끝없이 먹고 마시면서 뒹굴뒹굴 놀고 있었어. 화려한 보석으로 치장하고 흥겨운 곡을 연주하면서 말이야. 부유하게 되는 행복, 주인이 되는 행복, 허영심이 충족되는 행복, 더 이상 배고프지 않을 때 먹는 행복, 아무것도 알지 못하는 행복, 아무것도 이해하지 못하는 행복, 아무것도 하지 않는 행복, 필요 이상으로 자는 행복 등 수많은 행복이 뚱뚱한 모습으로 거기 살고 있었어.

가짜 행복들은 파랑새를 찾는 게 무슨 소용이냐며 자신들과 함께 행복하게 살자고 틸틸과 미틸을 붙들어. 가짜 행복들을 뿌리치고 틸틸이 모자에 달린 다이아몬드를 돌리자 가짜 행복의 진짜 모습이 나타났지. 본 모습을 들킨 행

복들은 수치심과 두려움에 비명을 지르고 어두운 곳으로
몸을 숨기려고 허둥거렸어. 화려한 보석으로 치장하고 있
던 행복은 사실 벌거벗고 무기력한 모습을 하고 있었던 거
야. 행복의 정원에는 몸을 숨길 그늘이 없었어. 그래서 벌
거벗은 행복은 공포에 사로잡혀 불행의 집으로 몸을 감추
기 위해 달아나.

부유함 뒤에 숨겨진 두려움, 주인이 되려는 마음 뒤에 숨겨
진 나약한 마음, 화려한 겉모습 뒤에 숨겨진 추한 얼굴, 함
께 어울리며 먹고 마시는 사람 뒤에 숨겨진 외로움, 허영심
뒤에 숨겨진 열등감, 편안한 생활 뒤에 드리운 무기력함의
그림자. 우리가 행복이라고 부르는 부유하고 화려한 생활
속에는 이런 불행이 숨겨져 있었어.

이건 우리가 밤의 궁전에서도 보았던 것이지. 세상은 서로
반대되는 것이 짝을 이루고 있는 것을 말이야. 그래서 우
리가 흔히 행복이라고 부르는 것은 바로 뒤편의 불행과 한
몸을 이루고 있어.

사람들은 외로움을 참을 수 없어서 다른 이들과 어울리려

하고 사람들 속에서 행복한 척 연기를 해. 그렇게 외로운 마음을 떠들썩한 인간관계로 덮으려 하지만 외로움은 멀리 가지 않고 그 자리에 꿋꿋하게 버티고 있지. 스스로 열등하다고 느끼면 더욱 잘난 척을 하고 자신을 포장하려 하지. 하지만 열등감은 아주 건강해서 마음속에 떡하니 자리하고 흔들리지 않아. 가난에 대한 두려움이 돈에 대한 집착을 낳고 결국 부자가 되어서도 언제든지 가난해질 수 있다는 불안감 때문에 완전히 마음을 놓지 못하지. 못난 얼굴을 고쳐서라도 인정받고 사랑받고 싶지만 아무리 얼굴이 바뀌어도 스스로 추하다는 생각은 버리지 못하는 것처럼.

벌거벗은 모습이 수치스러워서 허둥대며 달아나는 뚱뚱한 행복들의 모습을 보았을 때 그게 꼭 나 같아서 가엽게 느껴졌어. 우리가 행복이라는 가면 뒤에 감추고 있는 어둡고 추한 모습이기도 했으니까.

아무리 덮으려 해도 가려지지 않고 아무리 변하려 해도 변하지 않는 이런 어둡고 추한 모습을 우리는 어떻게 해야 하는 걸까? 서로 반대되는 모습이 짝을 이루고 있는 이 세상에서 우리는 어떻게 외로움을 떨쳐 내고 두려움 없이 사랑할 수 있을까?

제제야. 아직은 답을 알 수 없어. 이 비밀의 열쇠는 다음에 풀기로 하고 이제 빛을 따라서 진짜 행복이 사는 곳으로 가 보자.

이제 빛의 영혼은 진짜 행복이 사는 곳으로 틸틸과 미틸을 데리고 가. 진짜 행복은 앞서 만났던 가짜 행복과는 달랐어. 감추고 있는 무언가를 들켜 버리면 불행의 나락으로 떨어졌던 가짜 행복과는 달리 스스로 빛날 줄 아는 행복이었지. 봄의 행복, 석양의 행복, 별이 뜨는 것을 보는 행복, 태양이 빛나는 시간의 행복, 겨울날 불의 행복, 맑은 공기의 행복, 푸른 하늘의 행복, 순진무구한 생각의 행복, 건강하게 지내는 행복, 부모를 사랑하는 행복처럼 말이야.

진짜 행복은 반가운 얼굴로 틸틸과 미틸을 맞이했어. 많은 행복 중에서 하나의 행복이 먼저 틸틸에게 인사했지. 그 행복은 틸틸의 집에 사는 여러 행복들의 대장이었어. 아주 익숙하다는 듯이 틸틸을 보면서 반갑게 인사했지만 틸틸은 행복을 전혀 알아보지 못했어. 틸틸이 자신은 지금까지 한 번도 행복을 만난 적이 없다고 말하자 행복이 깜짝 놀라면서 웃음을 터뜨렸지.

"우리를 본 적이 없다고? 하지만 틸틸, 너는 오직 우리만을 알고 있어! 우리는 너와 함께 먹고 마시고 숨 쉬며 살고 있어!"

틸틸은 당황했어. 엄마와 아빠, 미틸과 함께 사는 오두막집에 행복이 있다고 한 번도 생각한 적이 없었으니까. 행복은 오두막집이 터질 정도로 행복이 가득하다고 말해 주었지만 틸틸은 믿을 수가 없었어. 행복은 오두막집에 머물고 있는 행복들을 하나하나 소개해 줬지만 결국 틸틸은 이렇게 말해.

"파랑새가 어디에 있는지 아세요?"

틸틸이 이렇게 묻자 그 자리에 있던 행복들은 모두 뒤로 넘어갈 정도로 크게 웃음을 터뜨려. 틸틸은 행복들이 웃음을 터뜨리는 이유를 알 수 없었지.

제제야. 너는 알겠지? 행복들이 웃음을 터뜨린 이유를 말이야. 나에게 틸틸과 미틸의 모험 중에서 가장 멋진 장면을 하나만 꼽으라면 이 장면을 꼽을 거야. 틸틸이 행복을 만나서 파랑새가 어디 있는지 묻는 이 순간을 말이야. 바로 이 장면에서 반전이 일어나거든!

제제야. 틸틸은 행복을 상징하는 파랑새를 찾아서 온 세상을 돌아다녔어. 우리를 행복하게 만들어 줄 파랑새를 찾아서 말이지. 그런데 지금 눈앞에 그토록 찾아 헤매던 행복이 있어. 파랑새보다도 중요한 행복이 말이야. 파랑새를 찾으려 했던 것은 행복을 원했기 때문인데 정작 눈앞에 행복이 있을 때 틸틸은 엉뚱하게도 파랑새를 찾아. 행복에게 파랑새가 어디 있느냐고 묻다니! 제제야. 틸틸은 가장 중요한 걸 잊어버리고 만 거야.

자신이 그토록 찾던 행복을 눈앞에 두고 파랑새를 찾는 틸틸의 모습에서 우리는 과연 틸틸이 지금까지 무엇을 찾아 헤맨 건가 의아할 수밖에 없어. 우리는 지금껏 틸틸이 행복을 찾고 있다고 믿었지. 분명히 틸틸과 미틸은 행복을 가져다줄 파랑새를 찾기 위해 집을 나섰어. 그런데 파랑새

를 찾는 데 너무 몰입하다 보니 가장 중요한 것이 행복이
아니라 파랑새로 바뀌어 버린 거야.

틸틸은 파랑새 때문에 눈앞의 행복을 보지 못해. 여기서
파랑새는 우리가 행복해지기 위해 찾아야 한다고 믿는 그
무엇이야. 그런데 틸틸은 그 무엇을 찾아 헤매다가 결국
가장 중요한 행복을 놓치게 되지. 다시 말해 틸틸은 행복
을 가져다줄 그 무엇을 찾다가 진짜 행복을 보지 못하게
된 거야. 그런데 제제야. 이것은 틸틸에게만 해당하는 것
이 아니란다. 우리도 마찬가지야.

우리는 돈이 있으면 행복할 거라고 생각해. 그래서 돈을
벌기 위해 부단히 애를 쓰지. 우리가 돈이라는 목표를 향
해 끝없이 노력하는 동안 우리는 눈앞에 있는 행복을 놓
치고 말아. 우리는 사랑받으면 행복할 거라고 생각해. 그
래서 사랑받기 위해 온갖 노력을 하고 진정한 사랑을 찾아
헤매는 동안 우리 앞에 찾아온 행복을 알아보지 못하지.
결국, 무엇을 얻어도 우리는 행복해지지 못하고 실패할 때
마다 우리를 행복하게 해 줄 거라 생각되는 또 다른 파랑
새를 찾아 헤매기를 반복하는 거야. 우리가 찾는 돈과 사

랑은 이제 빈껍데기뿐인 파랑새가 된 거야. 그 파랑새를 찾는 마음이 결국 행복을 보지 못하게 우리의 눈을 가리고 있는 거야.

틸틸은 파랑새를 찾아야 한다는 생각 때문에 행복을 보지 못했어. 이제 파랑새는 눈앞의 행복과 바꿔 버린 대상을 의미하지. 파랑새를 찾으면 행복해질 거라고 믿지만, 실은 그 파랑새 때문에 행복해지지 못하는 거야. 틸틸과 미틸은 결국 파랑새를 찾아도 행복할 수 없을 거야. 파랑새는 행복이라는 진짜 의미를 상실한 빈껍데기, 맹목적인 목표가 되어 버렸으니까.

제제야. 바로 여기, 행복의 비밀이 있어. 아주 중요한 비밀이지. 우리를 행복하게 만들어 줄 무언가를 찾는 마음이 이미 우리 앞에 도착한 행복을 보지 못하게 한다는 거야. 더 간단히 말하면 행복을 찾는 마음이 행복을 보지 못하게 한다는 사실이지. 이건 아주 중요한 이야기야.

"행복을 찾는 마음이 행복을 보지 못하게 한다."
"우리를 행복하게 만들어 줄 무언가를 찾는 마음이 우리를 불행하게 한다."

제제야. 생각해 보렴. 행복을 바라는 마음이 행복을 볼 수 없게 한다는 것은 이렇게 바꿔서 말할 수 있어.

"행복을 찾는 마음을 버리면 이미 도착해 있는 행복을 만나게 된다."

앞의 행복은 우리가 마음속에서 지어낸 행복이고 뒤의 행복은 지금 여기에 실제로 존재하는 행복이야.

"그것만 있으면 나는 행복할 텐데, 이런 일이 생기면 나는 행복할 텐데."

우리는 이렇게 생각하고 열심히 파랑새를 잡으려 애쓰지만, 사실 파랑새를 찾아야 한다는 생각이 행복을 가로막는 유일한 장애물이었던 거지.

틸틸과 미틸은 결국 파랑새를 찾기 위해 수많은 행복을 지나쳐 왔던 거야. 이 모습은 너무나 어리석어 보이지만 행복을 찾기 바라는 모든 사람이 하는 행동이기도 해.

그렇다면 제제야. 행복을 찾는 마음을 내려놓으면 어떻게 될까?

틸틸과 미틸의 모험은 파랑새를 찾는 마음만 내려놓으면 행복을 만날 수 있다고 말하고 있어. 이게 가능한 일일까? 아직 잘 모르겠다고? 틸틸과 미틸의 모험이 끝나지 않았으니 조금 더 기다려 보자. 빛의 영혼이 이끄는 대로 조금 더 가 보는 거야.

빛의 영혼과 아이들은 행복의 정원에 사는 기쁨을 만나게 되지. 그런데 행복과 기쁨을 만나는 동안 틸틸은 그저 머리가 멍할 뿐이야. 뭐가 뭔지 도무지 이해하지 못해. 어쩌면 기쁨을 만나는 것은 틸틸과 미틸을 위한 것이 아니라 빛의 영혼을 위한 것이었는지도 몰라.

빛의 영혼은 베일을 쓴 채로 기쁨들을 만났어. 기쁨들은 너 나 할 것 없이 달려 나와서 빛의 영혼을 반기기 시작해. 기쁨들은 오래도록 빛을 기다리고 있었던 거야. 정의롭게 되는 기쁨, 선하게 되는 기쁨, 이해하는 기쁨, 아름다운 것을 보는 기쁨, 사랑하는 커다란 기쁨을 비롯해 인간이 아직 미처 알지 못하는 기쁨까지. 수많은 기쁨이 빛의 영혼을 만나서 인사했어.

그런데 기쁨들이 참 의문스러운 말을 남겼어. 이해하는 기쁨은 이런 말을 했지.

"우리는 매우 행복하지만, 우리 자신을 넘어서는 보지 못해요."

정의롭게 되는 기쁨은 이렇게 말했지.

"우리는 매우 행복하지만, 우리의 그림자 너머는 보지 못해요."

아름다운 것을 보는 기쁨은 이렇게 고백했어.

"우리는 매우 행복하지만, 우리의 꿈 너머는 보지 못해요."

기쁨들은 오랜 시간 빛을 기다려 왔다고 말하면서 부탁한단다.

"우리에게 마지막 진실과 마지막 행복을 감추고 있는 베일을 벗어 주세요."

빛의 영혼은 아직 시간이 되지 않았다고 말하면서 때가 되면 두려움도 그림자도 없이 다시 오겠다고 약속했어. 그리고 기쁨들과 빛의 영혼은 눈물로 작별의 인사를 나눠. 틸틸과 미틸은 기쁨들과 빛의 영혼이 왜 눈물을 흘리며 인사하는지 이해할 수 없었지.

제제야. 기쁨들이 한 말은 무슨 뜻이었을까? 빛의 영혼은 대체 정체가 무엇일까? 이미 행복이 곁에 있다는 것은 또 무엇을 의미할까?

행복의 가장 중요한 비밀이 드러났지만, 아직 분명하지 않은 것이 많이 남아 있어. 남아 있는 의문은 다음 편지에서 모두 풀어 볼게.

"행복을 찾는 그 마음이 우리로 하여금 행복을 보지 못하게 한다."

다음 편지가 도착할 때까지 우리가 함께 찾아낸 행복의 가장 커다란 비밀을 생각해 보길 바라. 이 비밀의 열쇠를 가지고 과연 우리가 행복을 향한 문을 열 수 있을까?

여덟 번째 편지

# 집으로 돌아온다

제제야. 이제 행복의 비밀이 모두 풀리는 마지막 이야기를
앞두고 있어. 그리고 이 마지막 이야기는 너무나 유명해서
너도 여러 번 들어 봤을 거야. 틸틸과 미틸의 모험을 잘 모
르는 사람도 이 부분만큼은 알고 있지. 하지만 틸틸과 미
틸의 모험은 곳곳에 행복의 중요한 비밀을 숨겨 두고 있어.
조급하게 마지막을 알려고 하지 말고 틸틸과 미틸의 모험
을 끝까지 지켜보자.

행복의 정원을 빠져나온 틸틸과 미틸, 그리고 빛의 영혼은
미래의 궁전을 찾아간단다. 그곳은 지구에 오기 전에 잠시
머무는 대기실 같은 곳으로 아직 태어나지 않은 파란 아이
들이 살고 있어. 그런데 미래의 궁전에서도 틸틸과 미틸은
파랑새를 찾지 못해.

제제야. 미래의 궁전은 무엇을 의미하는 걸까? 아직 태어
나지 않은 파란 아이들이 살고 있는 미래의 궁전이라니!
궁금한 것이 많겠지만, 미래의 궁전을 제대로 알려면 틸틸
과 미틸의 모험이 모두 끝나야 해. 미래의 궁전에 대해서는
마지막 편지에서 다시 이야기하기로 하고 우리는 틸틸과
미틸이 결국 파랑새를 찾지 못한 채 오두막집으로 돌아가

는 때로 가 보자.

이제 작별의 시간이 다가왔어. 빛을 비롯한 사물의 영혼들은 틸틸과 미틸에게 작별의 인사를 한단다. 파랑새를 찾지 못한 틸틸과 미틸은 모험을 끝낼 마음의 준비가 되지 않았는데도 말이야. 빛과 사물의 영혼은 마지막 인사를 건네며 이렇게 당부해.

"침묵 속에 살고 있는 우리를 잊지 말아 줘."

틸틸은 깊은 슬픔에 잠겨서 외치지.

"그런데 난 파랑새가 없어요! 추억의 파랑새는 검게 변했고, 밤의 파랑새는 모두 죽었어요. 숲의 파랑새는 잡을 수가 없었어요. 새들이 색깔을 바꾸고 죽어 버리고 도망가는 것은 내 잘못인가요?"

그러자 빛의 영혼이 답했어.

"우린 할 수 있는 일을 했어. 파랑새는 존재하지 않는다고 생각해야 해. 아니면 파랑새를 새장에 넣으면 색깔이 변한다고 생각해야 해."

그렇게 빛과 사물의 영혼이 제자리로 돌아가고 침묵만이 남는단다. 순식간에 아침이 되었고 틸틸과 미틸은 어느새 침대 위에 있었어. 틸틸과 미틸을 부르는 엄마의 목소리에 두 아이는 눈을 뜨고 어리둥절해하지. 틸틸과 미틸은 집으로 돌아온 거야!

틸틸과 미틸은 엄마를 발견하고 반가워서 어쩔 줄 모르는데 사실 시간은 크리스마스이브에서 겨우 하룻밤이 지났을 뿐이야. 엄마를 보고 뛸 듯이 반가워하는 틸틸과 미틸 때문에 오히려 엄마가 당황했어. 엄마는 틸틸과 미틸이 병에 걸린 것은 아닌가 걱정하기 시작해. 하지만 틸틸과 미틸은 전혀 아프지 않았어. 오히려 힘이 넘쳤지.

이때 옆집 아주머니가 틸틸의 집을 찾아와서 자신의 아픈 딸에게 새를 선물해 줄 수 없겠느냐고 물어봐. 그래서 틸틸의 엄마가 틸틸에게 다시 묻지.

"네가 기르는 멧비둘기를 이웃집 소녀에게 줄 수 있겠니?"

그때 틸틸은 무심코 자신의 방에 있는 새장을 보게 되는데 이게 어떻게 된 일일까? 늘 그 자리에 있었던 하얀 멧비둘기가 파란색으로 변해 있는 거야!

틸틸은 기쁜 마음으로 파랑새를 이웃집 아주머니께 드렸어. 그렇게 파랑새를 주고 나서 집안을 둘러보니 오두막집은 이전과 똑같았지만 놀랄 만큼 아름답게 보였어. 틸틸과 미틸은 완전히 행복해졌어. 그렇게 불행하다고 믿었던 바로 그 자리에서, 예전과 다를 게 없는 바로 그 오두막집에서 말이야. 다이아몬드 모자가 없어도 틸틸과 미틸은 사물 속에 스며 있는 영혼을 볼 수 있었고 초라하다고만 생각했던 오두막집에 터져 버릴 것처럼 가득 찬 행복을 볼 수 있었어.

제제야. 우리가 알고 있는 틸틸과 미틸의 모험은 대개 여기까지야. 하지만 틸틸과 미틸의 이야기는 여기서 끝나지 않아. 그 이후의 이야기는 잠시 뒤로 미뤄 두고 먼저 여기까지의 이야기를 살펴볼까?

'집'은 바로 '지금 여기'를 뜻해. 우리가 발을 딛고 서 있는 현실 말이야. 세상 어디에서도 파랑새를 찾지 못한 아이들은 이제 완전히 포기하고 '지금 여기'로 돌아온 거야. 틸틸과 미틸의 모험이 담긴 원작에서는 이 마지막 이야기를 '잠에서 깨어나다'라고 표현했단다. 틸틸과 미틸은 파랑새를 찾는 동안 꿈속을 헤매고 다닌 거지.

세상 어디에서도 우리를 행복하게 만들어 줄 무언가를 얻을 수 없다는 것을 알게 될 때, 그래서 파랑새 찾기를 완전히 포기할 때, 우리는 '지금 여기'로 돌아오게 돼. '집'으로 돌아온다는 건 바로 '지금 여기'로 돌아온다는 뜻이야. 틸틸과 미틸이 한 번도 집을 떠난 적이 없는 것처럼 우리는 태어난 이후부터 지금까지 늘 '지금 여기'에 있었지.

우리는 집을 떠난 적도 없고 떠날 수도 없어. 그런데도 우리는 대부분의 시간을 집을 떠날 궁리를 하면서 보내거나 머릿속에서는 집을 완전히 떠나기도 해. 틸틸과 미틸이 꿈을 꾸는 것처럼 말이야.

과거를 추억하거나 미래를 기다리는 방식으로 우리는 늘

집을 벗어나려 해. 하지만 그것은 환상일 뿐이지. 우리는 결코 '지금 여기'를 벗어날 수 없으니까. '지금'이 아닌 과거나 미래, '여기'가 아닌 다른 곳은 우리의 머릿속에만 있어. 그것은 꿈과 같은 환상이야.

틸틸과 미틸은 집을 떠나서 세상을 돌아다니며 모험을 했다고 생각했지만 사실 그것은 하룻밤의 꿈이었고 계속 집에만 있었던 거야. 그리고 파랑새가 없다는 것을 깨닫고 파랑새 찾기를 완전히 포기했을 때 틸틸과 미틸은 잠에서 깨어났어. '지금 여기'에 눈을 뜬다는 것. 그것은 잠에서 깨는 것과 같아. '지금'이야말로 존재하는 유일한 시간이고 '여기'야말로 존재하는 유일한 장소라는 것을 비로소 알게 된 거야.

오두막집이 예전 그대로임에도 불구하고 틸틸과 미틸에게는 모든 것이 완전히 다르게 보였어. 그토록 초라하고 볼품없었던 집이 황홀할 정도로 아름다웠던 거야. 게다가 틸틸과 미틸이 그토록 찾아 헤매던 파랑새가 방 안에 있었을 줄 누가 알았겠니!

제제야. 여기서 중요한 것은 파랑새가 어디선가 갑자기 나타난 것이 아니라는 사실이야. 파랑새는 틸틸이 기르고 있었던 하얀 멧비둘기였어. 바로 그 멧비둘기가 파랗게 변했다는 사실이 중요해. 멧비둘기는 언제 파랗게 변했을까? 멧비둘기는 틸틸과 미틸이 모험을 떠나 있는 동안 점점 파랗게 변한 것이란다. 틸틸과 미틸이 파랑새를 찾는 일에 실패할 때마다 멧비둘기는 조금씩 파래지고 있었어. 이 세상 어디에도 파랑새가 없다는 것을 절망적으로 깨닫는 동안 집에 있던 하얀 새는 파랗게 변하고 있었던 거야.

그런데 제제야. 어쩌면 새가 파랗게 변한 것이 아니라 새를 바라보는 틸틸과 미틸의 눈이 변한 것이 아닐까? 세상 어디에도 파랑새가 없다는 것을 몸으로 부딪쳐 깨달을 때마다 틸틸과 미틸의 눈에서는 눈꺼풀이 하나씩 벗겨지고 있었던 거야. 바로 지금 내 곁에 있는 파랑새를 알아보지 못하게 눈을 가리고 있던 눈꺼풀이.

그리고 파랑새 찾기를 완전히 포기했을 때, 틸틸과 미틸은 '지금 여기'를 의미하는 '집'으로 돌아오게 돼. 그때는 이미 틸틸과 미틸의 맑은 눈을 가리고 있던 눈꺼풀이 모두 벗겨진 후였지. 그제야 틸틸과 미틸은 행복으로 가득한 오두막 집과 파랑새를 제대로 볼 수 있었던 거야.

제제야. 우리는 파랑새를 찾아 헤매던 틸틸과 미틸의 모험을 어리석은 일이라고 무의미하다고 말할 수 없어. 틸틸과 미틸은 행복을 찾아 떠나야만 했고 방황해야 했고 반드시 실패해야만 했던 거야. 그 실패가 틸틸과 미틸이 행복을 보지 못하게 하는 눈꺼풀을 벗겨 낼 수 있도록. 맑은 눈으로 '지금 여기'에 이미 존재하는 행복을 볼 수 있도록 말이야. 그리고 이것은 바로 우리에게도 해당하는 말이지.

행복을 찾는 모험에서 우리는 반드시 실패해야 해. 아니 실패할 수밖에 없다는 것이 더 맞을지도 몰라. 우리를 행복하게 만들어 줄 것이라 믿었던 것은 우리가 결코 얻을 수 없거나 얻는 순간 빛이 바래 버리지. 왜냐하면, 세상은 계속해서 변하기 때문이야.

하지만 바로 이런 실패가 삶이 우리에게 주는 선물이라는 것을 알아야 해. 세상 어디에도 파랑새가 없다는 것을 알았을 때 우리는 '지금'이라는 순간에 머물 수 있어. 그리고

'여기'에 이미 존재하고 있는 그 자체로 완전한 자신을 만날 수 있어.

그렇다면 제제야. '지금 여기'에 존재하는 행복이란 무엇일까? 그건 우리가 행복의 정원에서 보았던 뚱뚱한 모습의 가짜 행복은 아닐 거야. 밤의 궁전에서 보았던 달빛을 먹고 사는 새도 아닐 거야. 진짜 행복은 어둠 속에서만 빛나는 행복이 아니라 스스로 빛을 내는 행복이야.

'지금'은 스스로 빛나는 절대적인 순간이야. 이 순간의 빛깔과 감촉, 이 순간이 들려주는 소리 그 자체로 '지금 여기'는 완전해. 우리가 '지금 여기'에 온전히 존재할 때, 우리는 '지금 여기'를 그 어떤 것과도 비교할 수 없다는 걸 알게 돼. 우리의 마음이 오직 '지금 여기'에 머물러 있을 때 우리는 그동안 곁에 있음에도 보지 못했던 수많은 행복을 볼 수 있게 돼.

'지금 여기'에는 오직 '있음'만으로 가득해. '지금 여기'에 무언가 없다고 말할 때 '없음'이란 우리의 머릿속에만 있는 생각에 불과해. 무언가 결핍되었다는 생각을 내려놓고, 과거나 미래로 향하는 생각을 놓아주고, 그 자체로 완전한 '지금 여기'를 느낄 수 있을 때 우리가 머릿속에서 만들었던 행복의 그림과는 다른 진짜 세상을 만날 수 있어.

제제야. 너는 '지금 여기'에 있니?

네가 '지금 여기'에 있다면 그동안 익숙했던 것들이 낯설게 보이기 시작할 거야. 항상 곁에 있으면서도 보지 못했던 많은 것들이 보이기 시작할 거야. 물에 손을 가져가면 인류의 생애보다 길었던 물의 모험담을 들을 수 있을 거야. 네가 발을 딛고 서 있는 단단한 땅의 고마움과 누가 시키지 않아도 쉼 없이 뛰고 있는 심장박동을 느낄 수 있을 거야. 하늘을 나는 새와 흘러가는 구름도 제대로 볼 수 있겠지. 잠자고 있던 너의 감각이 하나씩 깨어나는 걸 느낄 수 있을 거야.

삶은 지금 이 순간뿐이야. 그리고 삶이라는 것은 너무나도 구체적이고 감각적이지. 우리 머릿속에 있는 추상적이고 관념적인 그림과는 달라. 머릿속의 그림을 붙들고 있다면 '지금 여기'에 있는 행복을 결코 볼 수 없어. 네가 '지금

'여기'에 머물기 시작할 때, '지금 여기'가 아닌 다른 어느 곳에서도 행복을 찾지 않을 때, 이상을 버리고 일상에 눈뜨기 시작할 때, 삶은 새롭게 살아난단다. '지금 여기'에 있다면 삶은 매 순간 변하면서 너에게 새로운 세상을 보여 줄 거야.

제제야. 네 머릿속에 '지금 여기'보다 행복했던 어떤 시간, 어떤 장소가 남아 있다면 그것은 행복이 아니라 불행이란다. 네 눈이 '지금 여기'에 없는 것을 보고 있다면 그것 역시도 불행이야. '지금 여기'는 다른 무엇과도 비교할 수 없어. 절대적이면서 유일하지. 따라서 '지금 여기'에 없는 것을 떠올리기 시작하면 결핍이 생겨나고 거기에서 불행이 시작되는 거야.

틸틸과 미틸이 행복의 정원에서 보았던 것을 기억하니? 다른 것과 비교를 통해서만 얻을 수 있는 행복은 가짜 행복이야.

"나는 저 사람보다 가진 것이 많으니 행복하다."
"나는 저 사람보다 건강하니까 행복하다."

이런 생각은 언젠가 내가 가진 것이 사라졌을 때에 대한 두려움을 품고 있는 것이지. 이런 행복은 '지금 여기'에서 누릴 수 있는 절대적이면서 유일한 행복에 비하면 보잘것 없는 것들이야.

봄의 행복, 석양의 행복, 별이 뜨는 것을 보는 행복, 태양이 빛나는 시간의 행복, 겨울날 불의 행복, 맑은 공기의 행복, 푸른 하늘의 행복, 순진무구한 생각의 행복, 건강하게 지내는 행복, 부모를 사랑하는 행복. 틸틸과 미틸이 행복의 정원에서 만났던 진짜 행복들은 모두 스스로 빛나고 있었어. 자신을 드러내기 위해 어떤 비교 대상이 필요하지 않은 절대적인 행복이었던 거지.

절대적인 행복은 바로 '지금 여기'에 있다는 것이 틸틸과 미틸의 모험이 말하고 있는 것이란다. 그렇기 때문에 우리가 해야 하는 일은 '지금 여기'를 바라보는 맑은 눈을 회복하는 것뿐이야. 맑은 눈을 회복하는 방법. 혹시 눈치챘니, 제제야?

제제야. 파랑새를 놓아주는 것, 파랑새를 완전히 포기하는

것. 파랑새 찾기를 멈추고 지금 여기에 머무는 것. 이것이
맑은 눈을 회복하는 방법의 전부야.

그런데 여기서 조심할 것이 있어. 이건 아주 미묘한 이야
기라서 잘 들여다봐야 해. 아까 틸틸과 미틸의 이야기가
끝나지 않았다고 했던 것을 기억하니? 하얀 멧비둘기가 파
랑새로 변하고 오두막집에서 행복을 발견하며 기뻐했던
이야기 끝에 또 다른 이야기가 기다리고 있다고 했던 것
말이야.

틸틸과 미틸이 집안 곳곳에 숨어 있는 행복을 발견하고 황
홀해하고 있을 때 이웃집 아주머니와 소녀가 찾아왔지. 병
들었던 소녀는 파랑새를 보자마자 건강해졌고 행복한 마
음에 춤을 추며 뛰어다니게 돼. 틸틸은 이웃집 소녀가 꼭
빛의 영혼과 닮았다고 생각하며 가만히 지켜보지.

틸틸과 소녀는 매우 수줍어하면서 첫인사를 나눠. 엄마는
틸틸에게 소녀를 위해 입맞춤해 주라고 하지만 틸틸은 너
무 수줍어서 서툴게 소녀를 안아 준단다. 그렇게 소녀와
틸틸은 서로 말없이 바라보았어.

잠시 후 틸틸은 파랑새에게 먹이를 주는 방법을 소녀에게 알려 주기 위해 소녀의 손 안에 있는 파랑새를 잡으려 했어. 이때 소녀는 본능적으로 저항했고 그 틈에 파랑새는 멀리 날아가 버렸어. 파랑새를 눈앞에서 놓친 소녀는 비명을 질렀고 또다시 절망에 빠졌어.

틸틸도 마찬가지였지. 마지막으로 틸틸은 사람들을 향해 소리친단다.

"누군가 그 새를 발견하면 우리에게 돌려주시겠어요? 우린 나중에 행복해지기 위해 그 새가 필요해요."

이것이 틸틸과 미틸의 모험이 담긴 『파랑새』의 마지막 장면이야.

틸틸이 '지금 여기'에 있는 행복을 발견하고 행복해하고 있을 때, 오두막집으로 소녀가 찾아와. 소녀는 바로 틸틸의 내면의 아이, 내면의 자아를 의미해. 그래서 이 소녀는 틸틸이 오두막집에서 결핍을 느꼈을 때 몸이 아프기 시작했던 거야. 그렇지만 모험을 마치고 틸틸이 새로운 눈으로 행복을 발견하게 되었을 때는 건강한 모습으로 나타났어.

우리의 내면에는 어린아이와 같은, 내면의 자아가 살고 있어. 바쁘게 살 땐 느끼지 못하지만 오랫동안 돌봐 주지 않으면 어느 순간 불쑥 화를 내거나 울음을 터뜨려서 자신이 마음속에 살고 있다는 걸 알려 주지. 우리는 그 아이를 영혼이라고 부르기도 해.

제제야. '지금 여기'에 있는 완전함을 보지 못하고 결핍을 보는 순간, 너의 내면의 아이는 병들게 돼. 빛을 잃어버리는 거야. 틸틸이 건강을 되찾은 소녀를 보고 빛의 영혼을 닮았다고 생각했던 것 기억하지? 빛의 영혼 역시 비슷한 존재라는 것을 알 수 있겠니? 틸틸과 미틸의 여행을 안내했던 빛의 영혼은 사실 내면의 아이를 돌보는 지혜, 영혼의 빛이었어. 내면의 아이가 병들자, 그 아이에게 행복을 돌려주기 위해 틸틸과 미틸을 이끌고 모험을 하게 도와줬던 거야.

틸틸이 오두막집에서 행복을 발견할 수 있게 되었을 때 소녀가 찾아온다는 것은 '지금 여기'의 완전함을 볼 수 있게

되면 내면의 자아가 회복되고 반짝반짝 빛나기 시작한다
는 뜻이란다.

소녀와 틸틸이 만난다는 것은 우리가 비로소 있는 그대로
의 진정한 자아와 대면하게 된다는 걸 의미해. 이 첫 만남
은 수줍고 어색하지. 자기 자신과의 대면인데도 말이야.
두 사람은 말로 표현할 수 없는 감격스러운 순간에 잠시
머무르게 돼.

제제야. 그런데 틸틸이 파랑새를 잡으려 했을 때 파랑새는
날아가 버리고 소녀는 비명을 질렀어. 왜 이렇게 비극적인
결말이 마지막을 장식했던 걸까?

세상 어디에도 우리를 행복하게 만들어 줄 것이 없음을 깨
닫고 그것을 찾는 것을 포기하면 '지금 여기'에 머무르게
된다고 말했지. 그리고 '지금 여기'에 행복이 있다는 것을
발견하면 우리는 놀라게 된다고도 했어. 마지막으로 행복
은 바로 진정한 나 자신, 즉 나의 내면에 있다는 것을 깨닫
고 나면 감격스러움을 감출 수 없지. 소녀의 손 안에 파랑
새가 있다는 건, 바로 나의 내면에 행복이 있다는 의미야.

틸틸이 소녀에게 파랑새를 선물하고 수줍은 마음으로 안
아 주는 것은 행복이 원래 있어야 할 자리에 있도록 놓아
주고 처음으로 자기 자신과 대면한다는 걸 의미해.

그런데 제제야. 행복은 '지금 여기'에 머무르는 나의 내면에
있다는 사실을 알게 된 다음에 우리가 저지르는 치명적인
실수가 있단다. 지금까지 행복을 찾아 손에 쥐려 했던 습
관을 자신도 모르는 사이에 드러내는 것이지. 틸틸이 파랑
새를 잡으려 했던 것처럼. '지금 여기'에 머무르는 것이 무
엇인지 잊고서 '지금 여기'를 찾으려 하고, 자신의 내면에
이미 행복이 있다는 말을 오해하고 자신의 내면에서 행복
을 찾아 손에 쥐려고 애쓰기 시작하는 거야.

"행복해지기 위해서 '지금 여기'를 찾아야겠다."
"나의 내면에 있는 행복을 찾겠어."

제제야, 이것은 아주 미묘한 순간이란다. 또다시 행복을
찾는 습관대로 행동하는 것이지. '지금 여기'를 찾아야겠
다고, 내면의 자아가 가진 행복을 찾겠다고 생각하는 순간
행복은 또다시 우리 곁에서 떠나 버려.

행복은 '지금 여기'에 있는 것이 맞아. 그건 우리의 노력이나 수고와 상관없이, 우리의 행동이나 바람에 상관없이, 벌써 '지금 여기'에 가득히 있어. 그렇기에 행복은 결코 찾아지는 것이 아니야. 찾으려 한다는 것 자체가 '지금 여기'에는 행복이 없다고 믿는 거야. '지금 여기'에서 행복을 찾으려는 시도는 또 다른 실패를 가져올 수밖에 없어. 자기 내면에서 행복을 찾으려는 시도도 실패하는 것은 마찬가지야.

세상에서 온갖 종류의 실패를 경험한 사람들은 결국 내면의 진정한 자아를 찾기 위한 수행을 시작해. 깨달음이나 영적인 진리를 얻고자 여러 가지 방법을 시도하지. 하지만 이것은 부나 명예를 찾는 것과 크게 다르지 않아. 이런 노력도 '지금 여기'가 아니라 미래의 어딘가라는 허구의 시간 속에서 파랑새를 찾고 있는 것이니까.

찾는 것을 멈춘 사람만이 행복을 발견할 수 있어. 노력하는 것을 포기할 때만 '지금 여기' 있는 그대로의 나 자신을 발견할 수 있어. 모든 노력과 욕심을 멈추고 '지금 여기'에 존재하는 것, 다시 말해 완전한 포기만이 우리가 할 수 있는 일이고 해야 하는 일이야.

기나긴 실패 끝에 행복을 찾은 틸틸이 저지른 마지막 실수와 틸틸이 사람들을 향해 남긴 마지막 말에서 우리는 행복을 찾는 습관이 얼마나 질긴 것인지 알 수 있어.

"누군가 그 새를 발견하면 우리에게 돌려주시겠어요? 우린 나중에 행복해지기 위해 그 새가 필요해요."

제제야. 이제는 너도 알 거야. '나중에 행복해지는 것'은 불가능해. 이건 절대로 불가능한 일이야. 왜냐하면, 나중이라는 시간은 우리가 죽을 때까지 경험할 수 없는 허구의 시간이기 때문이지. 나중은 언제나 우리의 머릿속에만 있어. 나중에 행복해지겠다는 생각, 행복해지기 위해서는 무언가 필요하다는 생각, 그것을 얻어야만 행복해질 수 있다는 생각이 진정한 행복과 우리를 가로막고 있는 유일한 장애물이야.

'지금 여기'에 오두막집이 터져 나갈 정도로 가득한 행복을 발견하고도 또다시 행복을 찾기 위해 파랑새를 잡으려 했던 틸틸을 봐. 틸틸의 모습을 보면 간신히 찾은 행복을 또 다시 나중으로 미루고 마는 우리를 발견할 수 있어. 우리에게 파랑새는 필요하지 않아. 우리는 파랑새가 없어도 충분히 행복할 수 있어. 지금 당장에라도 말이야. 오히려 파랑새가 없어야만 우리는 행복할 수 있는지도 몰라.

우리가 나중에 행복해지기 위해 하고 있는 모든 노력을 멈출 때 우리는 '지금 여기'에서 진정한 행복을 만나게 돼. 진정한 행복은 오직 '지금 여기'에만 있어. 나중에 행복해지려는 마음의 습관을 버리지 않으면 진정한 행복을 경험할 수 없어.

제제야. 나중에 행복해지기 위해서 행복을 찾으려는 순간 행복은 달아나 버려. 행복을 찾으려는 그 마음이 눈앞에 있는 행복을 보지 못하게 하니까.

이제 행복의 비밀을 모두 찾았어. 행복의 마지막 비밀은 행복이란 오직 '지금 여기'에 있다는 거였어. 그리고 그 행복은 우리가 찾는 것을 멈출 때 볼 수 있다는 것도 중요한 비밀이야.

마지막 비밀의 열쇠를 받은 너의 기분을 짐작할 수 없구나. 제제야. 너는 지금 허탈한 기분이니? 어쩌면 신 나고 황홀한 기분일까? '지금 여기', 초라하고 보잘것없는 현실 속에 행복이 있다는 말을 너는 믿을 수 있을까? 파랑새를 찾는 유일한 방법이 파랑새를 놓아주는 것이라는 사실을 너는 받아들일 수 있겠니?

파랑새를 놓아줄 준비가 되었다면 어떻게 '지금 여기'라는 초라하고 어두운 현실을 받아들일 수 있는가에 관해 이야기해 보자. 이제 함께할 이야기가 얼마 남지 않았네. 부디 이 이야기가 너를 '지금 여기'로 더 가까이 이끌어 주었으면 좋겠다.

아홉 번째 편지

# 파랑새 놓아주기

제제야. 이제 행복의 비밀은 모두 밝혀졌어. 그 비밀은 바로 파랑새를 놓아주는 것이었지.

세상 어디에도 나를 행복하게 만들어 줄 파랑새는 없다는 것. 행복을 찾는 마음이 행복을 보지 못하게 한다는 것. 이 두 가지를 알면 우리는 행복을 찾으려는 마음을 놓아주게 돼. 그러면 우리는 갈 곳이 없지. 행복을 찾아 과거나 미래로 갈 수 없기 때문에 우리는 '지금 여기'에 머물 수밖에 없어. '지금 여기'에서는 우리가 보던 것 너머의 것을 보게 되지. 그건 바로 '지금 여기'에 이미 가득하게 있는 행복이야. 우리는 '지금 여기'에 머물면서 있는 그대로 완전한 순간을 경험할 수 있어. 이 순간을 다른 순간과 비교하지 않고, 결핍을 보지 않고, 그저 있는 그대로의 지금을 경험하는 것, 그것이 바로 진정한 행복이야.

그렇다면 제제야. 눈을 감고 네가 찾고 있던 파랑새를 떠올려 봐. 너를 행복하게 해 줄 거라 믿었던 모든 것들을 말이야. 사랑, 돈, 성공, 인기, 칭찬, 더 멋진 나, 좋은 사람들…….

그것들이 제제 너를 행복하게 만들어 줄 수 없다는 걸 알았다면 이제 하나씩 놓아주는 거야. 네가 정말 그것들을 하나씩 놓아준다면 자유를 느낄 수 있을 거야. 네 안에 경직되고 긴장되어 있던 부분이 완전히 풀리는 느낌 속에서 평화가 네 안을 채우는 걸 느낄 수 있을 거야.

계속 놓아줘. 마음속에 파랑새를 발견할 때마다 놓아주고 집으로 돌아오는 거야.

지금까지 널 행복하게 해 주었던 순간을 기억해 봐. 사랑하는 사람을 만나서 행복했던 순간, 원하던 일이 이루어져서 행복했던 순간, 갖고 싶었던 것을 손에 넣게 되어 행복했던 순간……. 그 순간에 너는 아마 도착했다는 느낌을 받았을 거야. 더는 찾아 헤매지 않아도 된다는 안도감, '지금 여기'에서도 충분하다는 만족감, 지금 이대로가 좋다는 안전한 느낌말이야.

제제야. 그때 네가 행복한 느낌을 받았던 것은 파랑새를 손에 넣었기 때문이 아니야. 사실은 파랑새를 찾아야 한다는 생각을 멈추었기 때문에 행복했던 것이지.

파랑새를 잡는 순간, 그리고 파랑새를 놓아주는 순간 우리가 느끼는 건 똑같아. 우리는 그 느낌을 행복이라고 불렀던 것뿐이야. 어리석게도 행복이 파랑새 때문일 거라고 생각하고 더 큰 행복을 가져다줄 파랑새를 찾아 헤맸던 거지. 틸틸이 그랬던 것처럼. 제제, 네가 그랬던 것처럼. 그리고 내가 그랬던 것처럼.

사랑하는 사람을 만났을 때 느끼는 행복한 느낌과 사랑하는 사람을 찾아 헤매는 것을 멈추었을 때의 행복한 느낌은 다르지 않아. 하지만 전자의 행복은 사랑하는 사람이 변하거나 떠나면 사라져 버리지. 혹은 언젠가 변할지도 모른다는 불안한 마음에 행복을 잊기도 해. 하지만 행복해지기 위해서 사랑하는 사람이 필요하지 않다는 것을 아는 사람은 이런 불안함이나 두려움 없이 '지금 여기' 있는 그대로 행복할 수 있어. 그 사람은 지금 이대로 좋다는 걸 느끼고 있으니까. 바로 그 느낌이 모두가 찾고 있는 행복이야.

아무것도 찾지 않는 마음, 그 맑고 텅 빈 마음에 차오르는 행복.

제제야. 네가 사랑을 찾는 것을 멈출 때 너의 빈 마음에 '지금 여기'에 있는 사랑이 흘러들기 시작할 거야. 네가 부유함을 찾는 것을 멈출 때 '지금 여기'에 있는 풍요로움이 네 안에 깃들기 시작할 거야. 네가 깨달음을 얻으려고 애쓰는 것을 멈출 때 문득 너는 깨닫게 될 거야. 네가 찾는 모든 것이 이미 주어져 있었다는 것을. 제제야. 나는 이 모든 것을 네가 알기를 바라.

하지만 분명 장애물이 있지. '지금 여기' 머물려는 첫 번째 시도는 쉽지 않을 거고 너는 좌절하게 될 거야. 네가 비로소 '지금 여기'로 돌아왔을 때, 너를 기다리고 있는 것은 네가 견디기 힘들어 했던 결핍된 현실이니까. 이 세상 어디에도 행복이 없다는 걸 배웠으면서도 또다시 달아나고 싶겠지. '지금 여기'에 있는 것은 열등하고 비겁하고 무능력한 자신, 그리고 행복과는 거리가 먼 결핍투성이인 상황일 테니. 하지만 이제 갈 곳이 없어. 세상 어디에도 너를 행복하게 만들어 줄 파랑새가 없다는 것을 알고 있으니까.

도망칠 곳이 없기 때문에 너는 너의 열등함 속에 머물러야 할 거야. 못난 그 모습 그대로……. 더는 갈 곳이 없기 때문에 너는 스스로 자신의 비겁함 속에 머물러야 할 거야. 두렵고 무기력한 상황 속에서 네가 언제나 빛나고 훌륭한 것으로 채우려 했던 그 못난 구석을 그대로 느끼면서 머물러야 하겠지.

하지만 너는 이제 달아나지 않아. 모욕감과 자괴감으로부터 도망치지 않고 그대로 머무는 거야. 너는 모욕감과 자괴감이 너를 집어삼킬 거라고 생각했겠지만 아니야. 틀렸어. 그냥 그런 느낌 속에 있어 보면 알게 될 거야. 참을 수 없었던 모욕감과 자괴감이 그저 하나의 느낌에 지나지 않는다는 걸. 모욕을 당하고 무시를 당해도 죽지 않는다는 걸. 심장이 쿵쿵거리고 가슴으로부터 먹먹한 것이 식도를 타고 올라오겠지. 하지만 괜찮아. 그냥 그뿐이야.

제제야. 언제나 도망치려 했던 그 느낌을 있는 그대로 받아 줄 때 너는 네가 생각했던 것보다 더 큰 품을 가지고 있었다는 걸 알게 돼. 그러면 어떻게 되는 줄 아니? 이 세상은 서로 반대되는 것이 짝을 이루고 있다고 했던 것 기억하지? 네가 비겁함을 받아들일 때 용감함도 같이 네 안으로 들어오게 돼. 네가 너의 악함을 받아들이고 머물게 되면 선함이 함께 들어와. 너의 무능함을 받아들일 때 너는 네가 갖춘 능력도 발견할 수 있을 거야. 슬픔을 안을 때 기쁨도 함께 네 안에서 살 수 있게 될 거야.

너는 그중 어떤 것도 움켜잡으려 하지 않을 거야. 행복이 이 세상 어디에도 없다는 걸 알기 때문이지. 그저 '지금 여기'에 머물면서 너에게 찾아오고 또 떠나가는 모든 것을 경험하며 투명한 빈 잔과 같은 존재로 남게 되는 거야.

그렇게 더는 도망치지 않고 '지금 여기'에 머물면 너는 새로운 것을 발견하게 돼. 가장 먼저 느끼는 것은 평화야. 어디로 도망치지 않아도 '지금 여기'에 머무는 마음의 평화를 만나게 되는 거야.

네가 손에 쥐고 놓치기 싫어했던 파랑새를 하나씩 놓아줄 때마다 사실은 파랑새가 너를 붙잡고 있었다는 걸 알게 될 거야. 왜냐하면, 파랑새를 놓아줄 때마다 너는 자유로워질 테니까. 마치 너의 팔과 다리와 어깨, 너의 얼굴 근육 하나하나에 꿰어져 있던 실을 끊어 내는 것처럼 자유를 느끼게 될 거야.

너는 사람들에게 인정받고 싶어 했지. 하지만 그런 인정 속에 네가 찾는 행복은 없어. 그걸 알게 되면 너는 사람들 속에서 네가 잡으려 했던 파랑새를 놓아줄 수 있어. 하지만 자유로워지는 건 파랑새가 아니라 너야. 파랑새를 놓아줌으로써 너는 사람들의 인정으로부터 풀려나 자유롭게 될 테니까.

이제 사람들의 인정 대신 무시와 모욕 속에 그대로 머물러 보는 거야. 도망치지 말고 덮으려 하지 말고. 괜찮다고 위로하지 말고 웃음으로 너의 속마음을 감추지도 말고.

"나는 남들의 인정 따위 필요 없는 고귀한 인간이야."

이런 마음으로 네 연약함을 감추라는 것은 아니야. 그냥 느껴지는 대로 네 가슴 속에 올라오는 열등감과 모멸감 속에 그대로 있어 봐. 그리고 그런 어둠을 모두 품으면서도 살아 있는 너를 봐. 네가 철저하게 그 감정을 품어 줄 때 어둠도 곧 지나갈 거야. 흔적도 없이 새로운 순간에 자리를 내어 주고는 사라질 거야.

제제야. 너는 이제 그 무엇으로부터 도망가지 않는 사람이 된 거야. 어떤 감정이든 모두 품을 수 있고 버틸 수 있는 자유를 얻은 거야. 네가 만약 화가라면 밝은 물감만이 아닌 어두운 색깔의 물감도 사용할 수 있는 화가가 된 거야. 웃음만을 원하는 반쪽짜리 인생이 아니라 눈물도 절망도 받아들일 수 있는 품이 넓은 인생을 선물 받은 거야.

'지금 여기'에 도착한 것이 무엇이든 그걸 밀어내거나 덮어 버리려고 하지 않지. 두려움이 오면 두려움을 느끼고 거기에 머물러. 우리는 그 두려움을 기쁨이나 사랑으로 바꾸려고 하지 않아. 웃음으로 치장하지도 않고 그냥 두려워하는 거야. 그것이 바로 '지금 여기'에 있는 나에게 온 것이기 때문에 나라는 빈 잔에 두려움을 가득히 담고 경험할 뿐이지.

그러면 알게 될 거야. 사실 우리는 무시무시하고 압도적인 두려움도 그대로 받아들일 수 있는 크고 투명한 잔이라는 걸. 우리는 맑은 호수처럼 크고 넓은 가슴으로 세상 어떤 두려움도 공포도 어둠도 받아서 안을 수 있어.

이것을 알면 더는 두렵지 않아. 그리고 더더욱 '지금 여기'에 머무는 일이 수월해져. 무엇이 와도 괜찮다고, 그것이 무엇이든 내 안에 품을 수 있다고 두 팔을 벌리고 매 순간을 맞이할 수 있게 되니까.

그렇게 된다면 우리는 '지금 여기'에 있는 것이 아닌 그 무엇도 원하지 않아. 그래서 더 나은 사람이 되려고 노력하지 않지. 더 나은 사람이 되라고 다른 사람을 다그치지도 않아. 이제 우리는 '지금 여기' 있는 그대로의 나 자신이 완전하다는 걸 알게 돼. 그토록 미워하고 달아나고 싶었던 바로 그 모습 그대로 말이야.

제제야. 행복의 정원에서 빛의 영혼과 기쁨들이 작별 인사를 하면서 나눴던 대화를 기억하니? 이해하는 기쁨은 빛의 영혼에게 이렇게 말했어.

"우리는 매우 행복하지만, 우리 자신을 넘어서는 보지 못해요."

정의롭게 되는 기쁨은 이렇게 고백했어.

"우리는 매우 행복하지만, 우리의 그림자 너머는 보지 못해요."

기쁨들은 오랜 시간 빛의 영혼을 기다려 왔다고 말하면서 마지막 진실과 행복을 감추는 베일을 벗어달라고 부탁했지. 하지만 빛의 영혼은 아직 시간이 되지 않았다고 말하면서 때가 되면 두려움도 그림자도 없이 다시 오겠다고 약속했어. 그렇다면 빛의 영혼이 두려움도 그림자도 없이 돌아오는 그때는 과연 언제일까?

우리가 도저히 이해할 수 없는 상황을 만났을 때, 하지만 우리의 이해를 넘어서는 것이 이 세상에 있음을 받아들일 때 우리는 이해하는 기쁨을 확장해 가고 있는 거야. 이건 정의고 이건 불의라고 단칼에 나눌 수 없는 세상의 깊이를 경험하면서 우리는 정의의 그림자 너머로 기쁨을 확장해 갈 수 있어. 우리가 늘 아름다움이라고 불렀던 것에 가려져 보지 못했던 아름다움을 발견할 때 우리는 아름다움이라는 환상 너머로 기쁨을 넓혀 가게 되는 거야.

제제야. 이렇게 기쁨을 넓혀 가는 거야. 기쁨을 넓혀 가는

일, 그건 빛의 영혼도 대신 해 줄 수 없는 우리들의 몫이
야. 우리가 어둠을 피하지 않고 철저히 품어 안을 때, 우리
는 빛을 품고 어둠 속으로 들어가고 있는 거란다. 우리가
어둠을 똑바로 바라보고 있는 그대로 받아들일 때마다 우
리는 어두워지는 것이 아니라 어둠의 영역에 빛을 비추게
되는 거야. 빛과 어둠을 모두 받아들여서 어둠의 영역에
빛을 비추는 것, 이것이 바로 빛의 영혼이 말했던 두려움
도 그림자도 없이 돌아오는 그때의 의미란다.

틸틸이 밤의 궁전에서 갇혀 있던 어둠들의 방문을 열었던
것 기억하지? 우리는 진정한 행복을 맛보기 위해 칠흑 같
은 밤의 궁전도 통과해야 하는 거야. 어둠을 가두고 오직
빛만을 경험하려고 한다면 언제까지나 진정한 삶의 행복
을 느낄 수 없는 거지. 우리가 '지금 여기'라는 순간에 머물
며 어둠조차 그대로 받아들이기 시작하면 그 어둠에 빛이
깃들기 시작하는 거야. 바로 '지금 여기'에서 비추는 한낮
의 빛이. 어둠에 맞서는 빛이 아닌 두려움도 그림자도 없
는 빛, 그것이 '지금 여기'의 빛이야.

매 순간 '지금 여기'를 있는 그대로 경험하기 시작하면 이

제 삶은 모험이 아니라 여행이 돼. 아무것도 찾지 않는 여행, '지금 여기'를 사는 여행. 더 이상 결핍된 무언가를 채우려고 사는 것이 아니라, 이 순간을 있는 그대로 경험하는 것이 네가 살아 있는 이유가 될 거야. 삶은 더 이상 목적지를 향해 달려가는 모험이 아니라 매 순간을 느끼는 여행이 되는 거야.

추억의 나라를 여행하더라도 파랑새를 잡으려 하지 않을 거야. 숲으로 들어가도 행복을 찾으려 하지 않을 거야. 파랑새를 잡으려 하지 않기 때문에 숲 속의 파랑새는 우리의 어깨 위에 앉아 노래할 수 있어.

제제야. 삶은 여행이야. 우리가 오지를 여행하면서 언제나 따뜻한 침대와 맛있는 음식만을 원한다면 그것은 제대로 된 여행이 아니야. '지금 여기'를 있는 그대로 경험하고 싶어서 떠난 여행이니까.

삶이라는 여행에서 빛만을 원한다면 그 여행은 반쪽짜리 여행이 될 거야. 차라리 떠나지 않는 편이 낫겠지. 삶은 수없이 다양한 감정과 행복인지 불행인지 딱 잘라 말할 수

없는 무수한 빛깔의 상황을 품고 있어. 그리고 우리는 각자에게 주어진 한 번의 여행을 온전히 경험하기 위해서 살고 있다는 걸 기억해야 해. 하지만 우리는 이 모든 것을 잊고 겁쟁이가 되었지. 따뜻한 호텔 방의 침대에서 룸서비스만 시키는 편안한 여행을 원하고 있었던 거야. 그것은 모두 가짜 행복인데도 말이지.

삶은 무슨 수를 써서라도 호텔 문밖으로 우리를 밀어낼 거야. 우리가 태어나기 전에 삶과 맺었던 약속을 지키기 위해서 말이야.

행복을 찾는 일을 완전히 포기하고 빈손으로 집에 돌아온 틸틸처럼, 행복해지려는 노력을 멈추고 텅 빈 가슴으로 '지금 여기'를 받아들여 봐. 솔직하게 이 순간을 그대로 경험해 봐. 삶의 모든 것을 경험하길 원했던 시절과 네 가슴에 두려움이 없었던 시절의 약속을 기억해 봐.

그러면 제제야. 너는 네 가슴 속에 늘 함께 있었던 수줍은 소녀 같은 빛을 발견하게 될 거야. 그 소녀는 바로 네가 그토록 찾아 헤매던 너 자신이야. 그리고 네가 있는 그대로

의 너로 존재하게 될 때 행복에는 무관심해져서 다시는 행
복을 찾아 나서지 않게 되겠지.

이제 행복의 비밀은 모두 전한 것 같아. 긴 이야기였지? 행
복의 비밀은 이처럼 너무도 간단한데 왜 이렇게 많은 말을
해야 했는지 모르겠어. 어쩌면 행복이 곳곳에 있어서 알아
채기 더 힘들었나 봐.

제제야. 이제 마지막 편지가 남았구나. 마지막 편지에서는
우리가 태어나기 전의 세계로 갈 거야. 거기에 가면 우리
가 지구별에 온 이유를 살짝 보고 올 수 있어. 물론 틸틸,
미틸과 함께.

열 번째 편지

# 지구별에 온 이유

제제야. 어느덧 마지막 편지야. 너에게 들려주고 싶어서 마지막까지 아껴 왔던 이야기가 있어. 오늘은 그 이야기부터 들려줄게.


갓 태어난 동생이 계속 우는 바람에
아이는 엄마의 손에서 밀려나 할머니와 있어야 했다.


볼이 부은 아이가 할머니에게 물었다.


"할머니, 아기는 왜 울어요? 시끄럽게 계속 왜 울어요?"


할머니는 나물을 다듬던 손을 쉬며
아이의 얼굴을 바라보았다.


"비밀을 알려 줄까?"


아이는 할머니의 무릎 위에 누웠다.
창밖에 바람이 부는 봄날 저녁이었다.

"잘 기억해 보렴. 너는 태어난 지 얼마 되지 않았으니
이 할미보다는 잘 기억할 수 있을 거야.
눈을 감고 네가 엄마 배 속에 있을 때를 기억해 봐."


아이는 눈을 감았다.
바람이 이마에 닿고 할머니의 옷 냄새가 포근했다.


"기억나요."


"똑똑하기도 하지. 그럼 그전도 기억이 나니?"


"아니요."


겨우 10년 전의 일인데, 기억이 나질 않았다.
아이는 눈을 더 꼭 감았다.
까만 하늘에 수많은 별이 비행하는 듯한 모습이 보였다.


"아기가 태어날 때 우는 건,
네가 새 장난감 자동차를 사서
그게 잘 달리는지 시험해 보는 것과 같은 거란다."

아이는 무슨 말인지 몰라 어리둥절했다.
왜 눈을 꼭 감을수록 더 많은 별이 보이는지
이상한 일이라고 생각하면서.


"이 우주에는 수많은 별이 있지.
그중에서도 지구는 푸르고 영롱한 빛을 가진 별로 유명
해. 하지만 지구를 부르는 다른 이름이 있단다.
지구는 이 우주에 하나뿐인 '눈물의 별'이야.


원래 우주에는 슬픔도 눈물도 존재하지 않는데
오직 지구에만 슬픔과 눈물이 존재한단다.


슬픔을 사려거든 지구로 가라는 말도 있어.


슬픔과 괴로움이 뭔지 모르는 우주의 존재는
슬픔을 살 엄두를 못 낸단다.


그렇지만 어디에나
모험심이 강하고 용기 있는 사람이 있게 마련이지.
바로 그런 자만이 지구를 택해서 아기로 태어난단다.

한마디로 슬픔을 사기 위해 오는 거야.


아기들은 기쁨에 차서
자기가 산 눈물이 제대로 작동하는지
아기인 시절 내내 그렇게 울어대는 거야."


"그렇지만 왜요? 왜 슬픔을 사러 오나요?"


아이는 이제 좀 따분한 표정으로 물었다.


"우주에는 기쁨과 행복뿐이어서
오래도록 기쁨 속에서 헤엄치다 보면 그게 어떤 느낌인지
얼마나 멋진 것인지 잊어버리고 말지.


그래서 눈물이 무엇인지 슬픔이 무언지 궁금해지면
그들은 눈물의 별, 지구를 바라보는 거란다.


저기에 가면 슬픔을 살 수 있대.
그렇지만 그건 너무나 비싸.
너무 많은 값을 치러야 해.

그들은 지구를 보면서 이렇게 말하지.


슬픔을 경험한 사람만이
진정한 기쁨이 어떤 맛인지 알게 된다는 사실을
그들도 잘 알고 있어.


그래서 이 지구에 다녀간 존재가 우주로 돌아가면
가장 행복한 별이 된단다.


그 때문에 밤하늘에 가장 밝은 별은
바로 죽은 사람의 별이라는 말이 있는 거야."


아이는 이미 새근새근 잠이 들어 있었다.
할머니는 아이를 눕히고 창가로 가서 하늘의 별을 보았다.


그중에서도 가장 빛나는 별,
한때 그녀의 머리에 앉은 풀잎을 가만히 떼어 주던
소년의 별을.


그리고는 많은 값을 치르고 산 눈물이

아직도 제값을 잘하는 걸 확인하고는
아이의 옆에서 조용히 잠이 들었다.


제제야. 이것은 내가 슬플 때마다 떠올리는 이야기야. 화가 날 때나 억울함에 가슴이 답답할 때도 이 이야기를 떠올려. 그리고 바로 슬픔과 분노, 억울함을 사기 위해서 내가 이곳에 왔다고 생각해. 그러면 그런 감정 속에서도 괜찮을 수 있거든. '지금 여기'에 머무는 것이 힘들 때면 너도 이 이야기를 기억할 수 있었으면 좋겠어.

제제야. 혹시 너는 기억하니? 네가 왜 지구에 왔는지 말이야. 이렇게 슬픔과 괴로움이 많은 땅에 결국은 죽음에 이르는 삶을 살려고 온 이유가 뭔지 말이야. 우리가 이 세상에 태어난 이유가 뭘까? 사실 난 그 이유를 완전히 다 알고 싶지는 않아. 이 세상에 태어난 이유는 내 머리로 이해할 수 있는 것 너머에 있었으면 좋겠거든. 때때로 궁금한 건 사실이지만 말이야. 행복의 비밀을 말해 주는 틸틸과 미틸의 모험은 놀랍게도 이 지구에 태어난 이유까지 살짝 귀띔해 주고 있는데 마지막으로 이 이야기를 제제, 너와

함께 보고 싶어.

틸틸과 미틸이 집으로 돌아오기 전, 마지막으로 들렀던 미래의 왕국 기억하지? 미래의 왕국은 우리가 지구로 오기 전의 모습을 보여 주면서 사람들이 왜 태어나는지에 대해 말해 주고 있어.

그곳엔 파란 아이들이 모여서 지구로 가기 위한 준비를 하고 있었어. 온통 신비스런 파란 빛으로 둘러싸인 이곳에서 파란 아이들은 놀거나 돌아다니거나 몽상에 잠겨 있거나 미래의 지구에서 탄생할 발명품을 만들고 있었지.

파란 아이들은 틸틸과 미틸을 보고 깜짝 놀라면서 호기심에 달려왔어.

"진짜 살아 있는 아이들이다!"

파란 아이들에게는 진짜로 살아 있는 아이들이 신기하기만 하지. 아직 진짜로 살아 보지 못한 이 아이들은 진짜 삶에 대한 호기심으로 가득해.

파란 아이들은 시간이 무엇인지 몰라. 미래의 왕국에는 시간이 없으니까. 또 추위가 무엇인지, 돈이 무엇인지, 엄마가 무엇인지, 눈물이 무엇인지, 죽음이 무엇인지도 모르고 있어. 이 아이들은 지구와 진짜로 살아 있는 사람들이 아주 아름답다는 것만 알고 있을 뿐이야.

틸틸과 미틸은 파란 아이들을 따라서 작업장으로 가는데, 거기에는 각자의 이상을 만들어 내는 기계가 모여 있었어. 아이들은 모두 지구로 가져갈 자신의 이상을 만들고 있었던 거지. 어리둥절해하는 틸틸에게 파란 아이가 말했어.

"넌 모르니? 이곳에서는 지구에서 살게 되었을 때 세상을 행복하게 할 무언가를 만들어야 해."

제제야. 이 말의 뜻을 알겠니? 이 말은 우리가 행복을 찾으려 이 세상에 태어난 것이 아니라 세상을 행복하게 할 무언가를 주기 위해서 왔다는 것을 뜻해. 물론 '지금 여기'는 그 자체로 완전해. 하지만 '지금 여기'는 계속해서 변하지. 너는 오직 너만이 그릴 수 있는 행복의 무늬를 품고 이 세상에 온 거야. 누구도 평가할 수 없는 너만의 무늬. 너는 그걸 네 안에 품고 여기에 왔어.

하지만 오해하지는 마. 네가 너만의 독특한 삶을 살아야 한다는 뜻이 아니야. 열심히 노력해서 너 자신을 드러내야 한다는 뜻도 아니야. 세상을 행복하게 만들기 위해 애써야 한다는 뜻도 아니지.

그냥 '지금 여기'에 있는 그대로의 너. 그 안에 네가 그려 온 행복의 무늬가 이미 담겨 있어. 네가 오직 '지금 여기'에 머물기 시작하면 네 안의 무늬가 네 삶을 그려 가기 시작할 거야. 그것을 너무 기대하거나 예상하려고 애쓰지 마. 네가 '지금 여기'에서 주어진 것을 온전히 살아 내는 것이 이 세상에 없던 행복한 무늬를 그리는 일이란다.

먼 훗날 네가 이루고 싶은 것 말고 지금 네가 해야 하는 일을 해. 네가 생각하기도 전에 해야겠다고 느껴지는 그 일, 네가 지금 해야만 하는 그 일 말이야. 행복해지기 위해서 하는 일이 아니라, 더 나은 현실을 만들기 위해서 하는 일이 아니라, 더 나은 네가 되기 위해서 하는 일이 아니라, '지금 여기'의 완전함 속에 머물면서 네 가슴이 해야 한다고 말하는 그 일을 하면 돼.

그게 어떤 일인지는 네가 '지금 여기'에 온전히 머물기 전까지는 알 수 없어. 그건 이미 네가 세상에 태어나기 전에 계획했고 씨앗처럼 네 안에 새겨 온 일이니까. 네가 '지금 여기'에 깨어 있으면 저절로 알게 돼.

이렇게 말하면 아주 거창하고 대단한 일인 것처럼 들리겠지만, 사실 우리가 '지금 여기'에 머물 때 하는 일은 아주 자연스러운 일, 우리의 일상에 꼭 필요한 일이 대부분이야. 아침에 눈을 떠서 세수하고, 옷을 입고, 아침밥을 짓고, 청소하는 것과 같은. 우리가 커다란 꿈과 이상에 마음을 빼앗겨 무시했던 일상을 이제는 '지금 여기'에서 가장 중요한 일로 여기고 움직이면 되는 거야.

그렇게 하다 보면 우리는 지구에 오기 전에 계획했던 우리의 이상을 지구로 가져오게 되는 거야. 우리가 세상에 펼칠 이상이 우리가 흔히 생각하는 크고 높은 꿈이 아니라는 걸 알아야 해. 제제야. 미래의 왕국에서 파란 아이들이 만들던 것을 기억하니?

파란 아이들은 온갖 것을 만들고 있었는데 그중에는 죽음을 이겨 내는 일, 질병과 같이 우리가 이상이라고 부르는 것과는 어울리지 않는 것도 있었어. 단순히 사랑하는 사람을 다시 만나기 위해 지구로 가는 아이도 있었지.

제제야. 우리는 우리가 펼칠 인생의 무늬가 어떤 것일지 몰라. 하지만 그게 어떤 것이든 우리는 바로 그 무늬를 세상에 가져오기 위해 태어난 거야. 그것이 우리가 흔히 알고 있는 행복의 모습과 닮지 않았다고 해도 말이야.

삶은 우리가 원했던 그대로의 삶을 우리 앞에 가져다줄 거야. 삶이 가져다주는 어떤 것도 거부하지 말고 지금 내가 놓인 이 현실이 내가 원했던 삶이라는 것을 기억하며 '지금 여기'를 사는 것. 그것이 진짜 살아 있는 삶이야.

진짜 살아 있는 아이를 보면서 열광했던 파란 아이를 떠올려 봐. 그 아이들은 삶에 대한 열정으로 가득했어. 눈물이 무엇인지 죽음이 무엇인지도 모르면서 그것을 경험하고 싶어 하는 어린 영혼을 떠올려 봐.

제제야. 네가 생각하는 행복. 아름답고 밝기만 한 행복을 이제는 놓아주고 '지금 여기'서 진짜 삶을 시작해. '지금 여기'에서 현실을 맑은 눈으로 봐. 그리고 그 모습이 네가 원했던 삶이라는 걸 기억해 내.

아무것도 모르는 파란 아이들의 순수함에 틸틸은 눈물을 흘렸어. 파란 아이들은 그 눈물마저도 보석과 같다며 신기해했지.

아마 우리도 지구에 오기 전, 미래의 왕국에서 지구를 바라볼 때 이렇게 신기해하지 않았을까? 우리가 살고 있는 바로 이 삶을 멀리서 그려 보면서 꼭 그렇게 살아 보고 싶다는 열망을 품고 지구에 왔던 것이 아닐까? 지금 우리가 보잘것없고 초라하다며 달아나고 싶어 하는 바로 이 삶을 간절히 살고 싶어 했던 것이 아닐까?

제제야. 파랑새를 찾고 싶다면 파랑새를 놓아줘. 행복해지고 싶다면 행복을 찾으려는 노력을 멈춰. 그리고 '지금 여기'에 머무는 거야. 그러면 너는 알게 될 거야. 진정한 행복은 '지금 여기', 나에게 존재하고 있음을. 네가 지구별에 온 이유는 이곳에서 행복을 얻어내기 위해서가 아니라 너라는 행복의 무늬를 이곳에 새기기 위해서라는 걸.

네가 아끼던 파랑새를 모두 놓아줄 때까지 너의 모험은 끝나지 않겠지? 하지만 억지로 그 모험을 중단할 수는 없을 거야. 네가 계속 파랑새를 찾아다닌다고 해도 괜찮아. 네가 파랑새를 놓칠 때마다 네 집에 있는 새는 파랗게 변하고 있으니까. 그리고 그 모험을 하는 동안 사실 너는 '지금 여기'라는 안전한 집에서 꿈을 꾸고 있는 것뿐이니까. 모험이 조금 길어진다 해도 괜찮을 거야. 하지만 그 꿈에서 깨어났을 땐 우리 함께 진짜 삶을 시작하자. 매 순간이 새로운 여행과 같은 삶을.

에필로그

# 넌 오직 행복만을 알고 있어

나에겐 병이 있는데 그건 '인생이란 게 뭘까'라고 시도 때도 없이 생각하는 것이다. 이미 살고 있으면서도 산다는 게 뭔지 궁금해한다는 건 참 아이러니한 일이다. 한때 그런 습관이 싫어서 '인생'이라는 단어조차 떠올리지 않으려고 노력했었다. 하지만 이내 실패하고 말았다.

보다 실용적이고 현실감각이 뛰어난 사람이 되겠다고 다짐하고서도 어느새 영원한 사랑이랄지, 영혼이랄지, 눈에 보이지 않는 세계나 환생과 같은 것에 관심을 가짐으로써 차차 실용적이지 못한 데다 혈색이 좋지 못한 인간으로 세상으로부터 소외되어 가는 시간을 겪기도 했다.

누군가는 돈을 찾듯이, 누군가는 명예를 찾듯이, 누군가는 사랑을 찾고 누군가는 진리를 찾아 헤맨다. 나는 이런 방황이, 살고 있으면서 삶을 찾는 모습과 같다는 것을 파랑새를 통해 배웠다.

우리는 행복해지기 위해 무언가를 찾고 있지만, 그것은 물을 찾아 헤매는 물고기의 모습과 같은 것이라고 이 이야기는 말한다.

"너는 오직 행복만을 알고 있어!"

행복해지기 위해 파랑새를 찾고 있는 틸틸에게 행복이 한 말이다.

하지만 우리는 쉽게 이 말을 알아들을 수 없다. 행복하지 않은 우리에게 이 말은 너무 어렵다. 아직 우리는 행복을 찾아 더 헤매야 하고 더 처절하게 실패해야만 하는 것이다. 우리의 눈은 곁에 있는 파랑새를 볼 수 없도록 겹겹이 쌓인 눈꺼풀에 가려져 있기 때문에.

나는 아직도 추억의 나라를 헤매고 미래의 행복한 날을 상상하는 데 많은 시간을 쓴다. 쉽게 잠에 빠지는 것이다. 하지만 아무렴 어떠냐는 생각도 한다. 삶은 내가 깨어날 때까지 나를 흔들어 깨울 것이고 드라마틱한 실패를 몇 번이고 안겨 줌으로써 언젠가 나를 완전히 자신의 것으로 만들 것이 틀림없다.

억지로 되는 것은 없었다. 모든 것에는 때가 있다는 말이 맞다.

세상을 이해할 수 없어서, 세상이 무엇인지 이해하면 그때는 잘 살 수 있을 것 같아서 오랫동안 애쓰고 탐구했는데 결국 내가 내린 결론은 이것이다.

"세상은 나의 머리로는 도저히 이해할 수 없는 것."

나는 아무리 머리를 써도 내가 지금 이 순간 살아 있다는 사실을 이해할 수 없다는 것을 알았다. 어제는 살아 있었지만 오늘은 죽고 없는 사람이 있다는 것도 내 머리로는 결코 이해할 수 없을 것이다. 그렇게 애썼는데 여전히 나는 세상을 이해할 수 없는 그 자리에 있다.

하지만 제자리는 아니다. 예전의 나는 세상을 이해할 수 없기 때문에 세상을 받아들일 수 없었다. 하지만 지금의 나는 내 머리로 세상을 이해할 수 없다는 것을 알기 때문에 이해할 수 없는 그대로의 세상을 받아들인다.

이해할 수 없다는 사실은 같지만 나는 받아들임을 배웠다.

세상을 이해하려고 애썼던 많은 밤들이 나에게 이해를 넘어선 받아들임을 가르쳤다. 삶을 이해할 수 없지만 나는 살아 있다. 사랑을 이해할 수 없지만 사랑에 빠지고, 죽음을 이해할 수 없지만 어느 날에는 잠이 들 듯 죽을 것이다.

파랑새는 나에게 많은 것을 들려주었다. 행복에 관한 것만이 아닌, 삶과 사랑과 죽음에 관한 이야기를. 이 책에서 밝히지 못한, 파랑새 이야기 속에 남아 있는 많은 비밀이 이 책을 읽는 분을 통해 세상으로 나올 수 있기를 바란다.

# 『파랑새』 다시 읽기

어느 작은 마을에 가난한 나무꾼 가족이 살고 있었습니다. 낡고 오래된 오두막집에서 아빠와 엄마, 틸틸과 미틸은 가난했지만 서로 사랑하며 화목하게 살고 있었습니다. 틸틸에게는 미틸 말고도 동생이 많았지만 모두 시름시름 앓다가 먼저 하늘나라로 떠나고 단둘만이 남게 되었습니다.

어느 겨울날, 여느 때와 같이 단출한 저녁 식사가 끝나자 엄마는 유독 이른 시간부터 자야 한다며 틸틸과 미틸에게 방으로 들어가라고 했습니다. 눈치 빠른 틸틸은 오늘이 크리스마스이브라는 걸 알고 두말없이 미틸의 손을 이끌고 방으로 가서 침대에 누웠어요. 너무나 가난했기 때문에 엄마와 아빠는 크리스마스를 위한 어떤 선물이나 파티도 해줄 수 없었던 것입니다. 아이들이 잠든 걸 확인한 엄마는 방의 불을 끄고 돌아갔어요.

엄마가 나가자마자 두 아이는 재빨리 침대 밖으로 빠져나와 창가에 앉았어요. 크리스마스이브에 일찍 잠들고 싶은

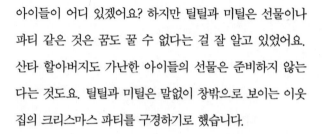

아이들이 어디 있겠어요? 하지만 틸틸과 미틸은 선물이나 파티 같은 것은 꿈도 꿀 수 없다는 걸 잘 알고 있었어요. 산타 할아버지도 가난한 아이들의 선물은 준비하지 않는다는 것도요. 틸틸과 미틸은 말없이 창밖으로 보이는 이웃집의 크리스마스 파티를 구경하기로 했습니다.

반짝이는 크리스마스트리의 불빛, 삼단으로 올린 크리스마스 케이크와 알록달록하게 펼쳐진 선물 상자들, 커다란 포크로 케이크를 떠서 입안 가득 넣고 있는 아이, 바스락거리며 선물 포장지를 뜯고 있는 아이, 치마의 레이스를 흔들며 캐럴에 맞춰 춤을 추고 있는 아이들…….

틸틸과 미틸은 넋을 잃고 그 장면들을 바라보았어요.

'저 케이크는 어떤 맛일까? 한 번만 먹어 봤으면! 크리스마스의 불빛 속에 있는 것은 어떤 기분일까? 저 애들은 얼마나 행복할까? 저곳은 배고픔도 추위도 없고 마냥 기쁘고

배부르고 행복하겠지?'

자신들이 그 집에 있다고 생각하며 행복한 상상에 젖어 있던 두 아이는 어느새 슬픈 얼굴이 되었습니다. 바로 그때 누군가 나타났습니다. 옛날이야기에서 들었던 요정이었습니다. 그런데 이게 웬일일까요? 이 요정은 팅커벨처럼 귀엽고 앙증맞은 요정이 아니라 늙고 꼬부라진 할머니 요정이었습니다.

요정은 틸틸과 미틸에게 혹시 이 집에 파랑새가 없느냐고 물었습니다.

"우리 딸이 너무 아파. 그 애는 행복해지고 싶어 하는데, 그러려면 파랑새가 필요해."

틸틸은 새 한 마리를 기르고 있었지만 그 새는 평범한 흰색 멧비둘기였습니다. 요정은 자기 딸을 위해 파랑새를 찾

아 달라고 부탁하면서 틸틸에게 다이아몬드가 달린 신기
한 모자를 씌워 주었습니다.

"모자에 있는 이 다이아몬드를 돌리면 아무도 모르는 머리
의 혹이 눌리면서 새로운 눈이 떠질 거야. 새로운 눈을 뜨
면 사물 속에 감추어진 모습이 보인단다. 과거와 미래처럼
전에는 몰랐던 세계도 볼 수 있지."

틸틸이 다이아몬드를 돌리자 갑자기 주변의 모든 것이 휘
황찬란한 빛을 내며 전혀 다른 모습으로 변했어요. 오두막
집은 화려한 궁전처럼 멋지게 빛나고 할머니였던 요정은
아름다운 공주로 변했어요. 빵과 설탕, 불과 물, 개와 고양
이의 영혼이 사물로부터 걸어 나와 말을 하기 시작했고 시
간과 빛의 영혼도 사람의 모습으로 걸어 나왔어요. 빛의
영혼은 성모마리아처럼 아름다운 여인의 모습이었어요.

요정은 아이들에게 빛의 영혼의 안내에 따라 세상을 돌아

다니며 파랑새를 찾아 달라고 부탁했어요. 그렇게 틸틸과 미틸은 빛과 고양이와 개, 빵과 설탕, 물과 불의 영혼과 함께 파랑새를 찾기 위한 모험을 떠났습니다.

가장 먼저 찾아간 곳은 추억의 나라였어요. 추억의 나라에 도착하자 저 멀리 살아 계실 때와 똑같은 모습의 할아버지와 할머니가 보였어요. 기쁜 마음에 한달음에 달려간 틸틸과 미틸을 할머니와 할아버지는 힘차게 껴안으며 반겨주었어요. 할아버지와 할머니를 보자 틸틸은 죽은 동생들이 떠올랐습니다. 그러자 눈앞에 동생들이 하나둘 나타났고 모두가 얼싸안고 춤을 추며 반가워했어요. 틸틸과 미틸은 할머니와 할아버지와 동생들이 모두 죽었다고 생각했지만 사실은 아무도 죽지 않고 살아 있었던 거예요.

추억의 나라에서는 틸틸이 과거의 무언가를 떠올리면 곧이어 그 모습이 그대로 나타났습니다. 틸틸은 기쁨에 차서 소리쳤어요.

"모든 게 변함없이 잘 있어! 다 제자리에 있어! 모두 다 아름다워! 예전보다 더!"

할아버지는 틸틸이 몰랐던 사실을 가르쳐 주셨어요.

"우린 항상 여기에 있단다. 우린 항상 살아 있어. 죽음이란 건 없어. 너희가 우리 생각을 할 때마다 우린 깨어나서 너희를 본단다."

과거는 행복했던 모습 그대로를 간직한 채 살아 있었어요.

틸틸은 이곳에서 작고 파란 티티새를 발견했습니다.

'아, 파랑새가 여기에 있었구나!'

틸틸과 미틸은 추억의 나라에서 작고 파랗게 빛나는 티티새를 잡아 새장에 넣고 모자에 달린 다이아몬드를 돌렸어요. 그러자 시간이 과거에서 현재로 돌아왔어요. 틸틸과 미틸은 기쁜 마음으로 새장 속의 파랑새를 보았어요. 그런데 이게 어찌 된 일일까요? 작고 파랗게 빛나던 티티새는 더 이상 파랗지 않았어요. 새장 속의 새는 검게 변해 있었습니다.

틸틸과 미틸은 포기하지 않고 파랑새를 찾아 떠났어요. 다이아몬드를 돌리자 까만 어둠이 지배하는 밤의 궁전이 나타났어요. 밤의 궁전에는 전쟁과 질병, 재난과 공포를 비롯해 아주 오래전부터 사람들을 슬프게 하는 모든 신비가 살고 있었습니다.

틸틸과 미틸은 이곳에서 밤의 여왕을 만났어요. 밤의 여왕은 틸틸과 미틸이 파랑새를 찾지 못하게 방해했습니다. 인간이 삶의 비밀을 알지 못하게 하는 것이 여왕의 임무였기 때문이에요. 하지만 파랑새를 찾으려는 틸틸의 의지가 너무도 강했기 때문에 여왕도 틸틸을 말릴 수 없었어요. 틸

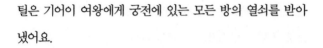

틸은 기어이 여왕에게 궁전에 있는 모든 방의 열쇠를 받아
냈어요.

틸틸은 먼저 질병의 방에 갔습니다. 그곳에서는 인간이 질
병과 전쟁을 벌이고 있었어요. 고통스럽고 지쳐 있는 질병
의 영혼이 방 안 가득히 있었습니다. 하지만 아무리 찾아
도 파랑새는 없었어요.

틸틸은 전쟁의 방문을 열었습니다. 거대하고 무시무시한
광경에 겁먹은 틸틸은 달아나려 했지만, 파랑새를 찾아야
한다는 생각에 두려움을 꾹 참고 방안 구석구석을 살펴보
기 시작했어요. 하지만 아무리 찾아도 파랑새는 없었어요.

틸틸은 다시 용기를 내어 밤의 궁전 곳곳에 있는 방을 샅
샅이 뒤졌어요. 하지만 어느 곳에도 파랑새는 없었습니다.

마침내 틸틸과 미틸은 신비의 방 앞에 도착했어요. 방문을

열자 그곳에는 다양한 빛깔의 베일을 쓴 아름다운 별들의 영혼과 밤의 향기가 가득했고 밤꾀꼬리의 노래가 울려 퍼지고 있었습니다. 틸틸과 미틸은 그 아름다움에 취해 감탄했지만, 그곳에서도 파랑새를 찾을 수 없었어요.

모든 방을 지나고 틸틸과 미틸은 마지막 방 앞에 섰습니다. 그러자 밤의 여왕이 간절한 목소리로 부탁했어요.

"제발 이 문만은 열지 마. 제발 운명을 시험하지 마."

밤의 여왕은 틸틸과 미틸을 열심히 설득했지만 그럴수록 틸틸은 이 방 안에 파랑새가 있다고 확신했습니다. 틸틸은 여왕의 부탁을 뒤로한 채 마지막 방문을 열었습니다.

그러자 말로 표현할 수 없을 정도로 환상적인 광경이 눈앞에 펼쳐졌어요. 영롱하게 빛나는 별들 사이로, 영원할 듯 보이는 달빛 속을 파랑새가 훨훨 날아다니고 있었어요. 눈

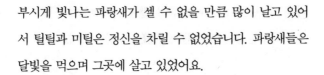

부시게 빛나는 파랑새가 셀 수 없을 만큼 많이 날고 있어서 틸틸과 미틸은 정신을 차릴 수 없었습니다. 파랑새들은 달빛을 먹으며 그곳에 살고 있었어요.

이때다 싶었던 틸틸과 미틸은 잡을 수 있는 만큼 많이 파랑새를 잡았습니다. 그리고 드디어 파랑새를 잡았다는 기쁨에 들떠서 모자에 달린 다이아몬드를 돌렸어요. 기다리고 있던 빛의 영혼이 나타나자마자 틸틸과 미틸은 파랑새를 보여 주려고 했어요. 그런데 이게 어떻게 된 일일까요? 틸틸과 미틸이 잡아 온 파랑새는 모두 죽어 있었습니다. 눈물을 흘리는 틸틸과 미틸에게 빛의 영혼이 말했어요.

"이 새들은 한낮의 빛 속에서는 살지 못하는 새들이란다."

밤의 궁전에서도 파랑새를 찾지 못한 틸틸과 미틸은 숲으로 걸어갔습니다. 숲에는 나무와 동물이 살고 있었는데 틸틸과 미틸이 들어서자 나무들의 영혼은 잔뜩 겁을 먹었습니다. 나무꾼의 아이들이 숲에 발을 들여놓았다는 소식을 듣고 나무는 물론 동물들까지 비상이 걸린 거예요.

틸틸과 미틸이 숲 한가운데로 들어서자 나무 중 가장 나이가 많고, 존경받는 떡갈나무가 걸어 나왔습니다. 그런데 숲에서 걸어 나오는 떡갈나무의 어깨 위에 파랑새 한 마리가 앉아 있는 게 아니겠어요?

파랑새를 발견한 틸틸은 반가운 마음에 떡갈나무에게 부탁했습니다.

"파랑새를 저에게 주세요."

그러자 떡갈나무는 엄한 표정을 지으면서 말합니다.

"너는 파랑새를 찾고 있지. 우리를 가혹하게 지배하기 위해서 말이야. 사물과 행복에 대한 비밀을 찾아서 우리를

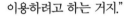

이용하려고 하는 거지."

숲에 사는 나무들은 틸틸과 미틸에게 파랑새를 줄 마음이 없었어요. 나무들 사이로 동물들도 틸틸과 미틸을 보기 위해 모여들었습니다. 동물들도 자신들을 공격하는 인간의 횡포에 화가 난 상태였어요. 여기저기서 틸틸과 미틸을 공격하기 시작했습니다. 위협을 느낀 틸틸은 품 안에서 칼을 꺼내 들었어요. 그러자 모두 공포에 떨면서 비명을 지르고 달아나기 시작했습니다. 그 틈을 타고 간신히 숲에서 벗어난 틸틸과 미틸은 어안이 벙벙했어요. 넋이 나가 있는 틸틸과 미틸에게 빛의 영혼이 다가와서 말했어요.

"인간은 이 세상의 모든 것과 홀로 대면하고 있다는 걸 잘 알았지?"

결국, 숲에서도 파랑새를 손에 넣지 못한 틸틸과 미틸은 묘지에 가 보기로 했습니다. 무섭지만 죽은 사람 중에서 누군가 파랑새를 가지고 있을지도 모르니까요.

묘지에 도착한 틸틸은 공포에 떨면서도 용기를 내어 모자에 달린 다이아몬드를 돌렸습니다. 그러자 안개 속에서 무덤을 짓누르고 있던 무거운 돌들이 모두 열리기 시작했어요. 잠시 후, 묘지는 결혼식이 열리는 환상적인 정원으로 변했고 새벽빛이 비치는 곳마다 꽃이 피어났습니다. 으스스한 묘지가 생명을 위한 찬가가 울려 퍼지는 아름다운 곳으로 탈바꿈한 것입니다. 틸틸과 미틸은 조심스럽게 한 발 한 발 걸어 들어갔어요.

"죽은 사람들은 어디에 있지?"
"죽은 사람들은 이곳에 없어."

죽은 사람들은 없었습니다. 그리고 파랑새도 없었어요. 틸틸과 미틸이 있는 곳은 공포로 가득한 묘지가 아니라 행복이 가득한 결혼식장이었던 것입니다.

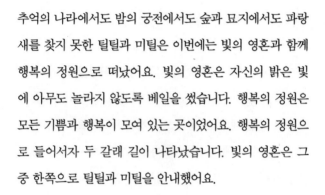

추억의 나라에서도 밤의 궁전에서도 숲과 묘지에서도 파랑 새를 찾지 못한 틸틸과 미틸은 이번에는 빛의 영혼과 함께 행복의 정원으로 떠났어요. 빛의 영혼은 자신의 밝은 빛 에 아무도 놀라지 않도록 베일을 썼습니다. 행복의 정원은 모든 기쁨과 행복이 모여 있는 곳이었어요. 행복의 정원으 로 들어서자 두 갈래 길이 나타났습니다. 빛의 영혼은 그 중 한쪽으로 틸틸과 미틸을 안내했어요.

틸틸과 미틸, 그리고 빛의 영혼이 가장 먼저 찾아간 행복 의 정원에는 지상에서 가장 뚱뚱한 행복들이 살고 있었어 요. 그들은 끝없이 먹고 마시며 고함치고 노래를 부르며 여기저기 뒹굴거나 자고 있었습니다. 온갖 보석으로 치장 한 뚱뚱한 행복 옆에는 화려한 악기들이 흥겨운 음악을 쉬 지 않고 연주하고 있었어요.

틸틸과 미틸을 발견한 가장 뚱뚱한 행복이 인사했습니다.

"나는 부자가 되는 행복이야."

부자가 되는 행복은 주인이 되는 행복, 허영심이 채워지는 행복, 더 이상 목마르지 않을 때 마시는 행복, 더 이상 배고프지 않을 때 먹는 행복을 소개해 주었어요. 틸틸과 미틸이 인사를 나누는 사이에 아무것도 알지 못하는 행복, 아무것도 이해하지 못하는 행복, 아무것도 하지 않는 행복, 필요 이상으로 자는 행복, 상스러운 웃음이 차례로 다가와 인사했습니다.

지상에서 가장 뚱뚱한 행복에게 물었어요.

"파랑새는 어디에 있나요?"
"그건 먹을 수 없는 새잖아!"

지상에서 가장 뚱뚱한 행복은 한 번도 파랑새를 본 적이 없다고 말했어요. 그리고 행복의 정원에는 파랑새보다 좋은 것이 훨씬 많다고도 말했어요.

"파랑새보다 좋은 게 훨씬 많아. 파랑새처럼 하찮은 것을
왜 찾는 거지?"

틸틸과 미틸은 어서 이곳을 벗어나고 싶었어요. 그런데 이
게 어떻게 된 일일까요? 그동안 파랑새를 찾기 위해 함께
여행했던 빵과 설탕, 물과 불, 고양이와 개의 영혼이 어느
새 지상에서 가장 뚱뚱한 행복에 취해서 떠나고 싶어 하
지 않았습니다. 지상에서 가장 뚱뚱한 행복들은 틸틸과
미틸을 억지로 테이블로 밀면서 고함을 질렀어요.

"아이들을 테이블로 밀어요. 본의 아니게 행복해지도록!"

다급해진 틸틸이 모자에 달린 다이아몬드를 돌렸어요. 그
러자 행복의 정원은 완전히 다른 모습으로 변했습니다.

지상에서 가장 뚱뚱한 행복들은 수치심과 두려움에 비명을 질렀어요. 온갖 보석으로 치장하고 화려한 악기에 둘러싸여 있던 그들은 사실 벌거벗은 채 흉하고 무기력한 모습을 하고 있었어요. 지상에서 가장 뚱뚱한 행복들은 어두운 곳으로 몸을 숨기려 애썼지만 이미 변해 버린 행복의 정원에서 숨을 곳은 없었습니다. 그들은 공포에 질린 채 불행의 집으로 달아나기 시작했어요.

빛의 영혼은 지금 이곳이 아까 머물던 행복의 정원과 똑같은 곳이고 단지 새로운 모습을 볼 수 있게 된 것뿐이라고 설명했습니다. 그리고 이렇게 말했어요.

"이제부터는 밝은 빛을 견딜 수 있는 행복의 영혼을 볼 수 있을 거야."

틸틸과 미틸은 빛의 영혼이 안내하는 대로 다시 두 갈래 길 앞에 섰습니다. 이번에는 새로운 길을 택했습니다.

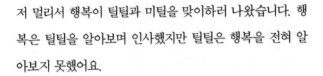

저 멀리서 행복이 틸틸과 미틸을 맞이하러 나왔습니다. 행복은 틸틸을 알아보며 인사했지만 틸틸은 행복을 전혀 알아보지 못했어요.

"나는 너를 한 번도 본 적이 없어."
"나를 본 적이 없다고? 하지만 틸틸, 넌 오직 우리만을 알고 있어! 난 항상 너와 함께 숨 쉬면서 살고 있어!"

행복이 외쳤지만 틸틸은 행복이 하는 말을 알아들을 수 없었어요. 행복은 틸틸의 집에 있는 모든 행복의 대장이 바로 자신이라고 말했지만 틸틸과 미틸은 자신들이 사는 오두막집에 행복이 있다는 사실을 믿을 수가 없었어요. 어리둥절한 틸틸과 미틸에게 오두막집에 사는 행복들이 하나둘 나타나서 인사했어요.

건강하게 지내는 행복, 맑은 공기의 행복, 부모를 사랑하는 행복, 푸른 하늘의 행복, 태양이 빛나는 시간의 행복, 봄의 행복, 석양의 행복, 별이 뜨는 것을 보는 행복, 겨울날 불의 행복, 순진무구한 생각의 행복……. 끝도 없이 많은 행복이 틸틸과 미틸에게 인사했습니다.

틸틸은 끝없이 나타나는 행복을 가로막고 외쳤어요.

"그런데 파랑새는 어디에 있지요?"
"파랑새가 어디 있는지 알지 못하다니!"

틸틸과 미틸에게 인사하던 행복들은 웃음을 터뜨렸어요. 행복들은 틸틸이 너무나 어리석은 질문을 한다는 것을 알았지만, 대부분의 사람이 틸틸과 비슷하다는 것을 알기 때문에 놀라지 않았어요.

행복들의 뒤를 이어 기쁨들이 틸틸과 미틸을 찾아왔어요. 정의로워지는 기쁨, 선해지는 기쁨, 일을 다 끝낸 기쁨, 생각하는 기쁨, 이해하는 기쁨, 아름다운 것을 보는 기쁨, 사

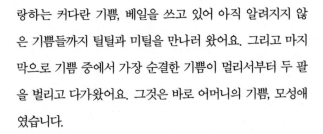

랑하는 커다란 기쁨, 베일을 쓰고 있어 아직 알려지지 않은 기쁨들까지 틸틸과 미틸을 만나러 왔어요. 그리고 마지막으로 기쁨 중에서 가장 순결한 기쁨이 멀리서부터 두 팔을 벌리고 다가왔어요. 그것은 바로 어머니의 기쁨, 모성애였습니다.

어머니의 기쁨은 틸틸과 미틸에게 다가와서 이곳에 오게 된 이유를 말해 주었어요.

"집으로 돌아갔을 때 주변에 있는 모든 것을 어떻게 바라보아야 하는지 깨닫고 또 배우기 위해 이곳에 온 거란다. 너희는 이곳이 천국이라고 생각하겠지만 서로 안아 준다면 어디나 다 천국인 거야."

그때 베일을 쓰고 있던 빛의 영혼이 기쁨들과 인사를 나누기 시작했습니다. 기쁨들은 반가워서 소리쳤어요.

"여기 빛이 있다!"

기쁨들은 간절히 빛의 영혼을 기다리고 있었던 것입니다. 이해하는 기쁨은 빛의 영혼에게 말했습니다.

"우리는 매우 행복하지만, 우리 자신을 넘어서는 것은 보지 못해요."

정의롭게 되는 기쁨이 빛의 영혼에게 고백했습니다.

"우리는 매우 행복하지만, 우리의 그림자 너머는 보지 못해요."

기쁨들은 빛의 영혼에게 부탁했어요.

"베일을 벗고 우리에게 감추어진 마지막 진실과 마지막 행복을 보여 주세요."

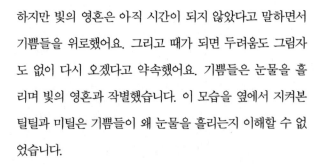

하지만 빛의 영혼은 아직 시간이 되지 않았다고 말하면서 기쁨들을 위로했어요. 그리고 때가 되면 두려움도 그림자도 없이 다시 오겠다고 약속했어요. 기쁨들은 눈물을 흘리며 빛의 영혼과 작별했습니다. 이 모습을 옆에서 지켜본 틸틸과 미틸은 기쁨들이 왜 눈물을 흘리는지 이해할 수 없었습니다.

행복의 정원에서도 파랑새를 찾지 못한 틸틸과 미틸은 빛의 영혼을 따라 미래의 왕국에 도착했습니다. 이곳은 머지않은 미래에 지구로 올 아이들이 모여 있는 대기실 같은 곳이었어요. 지구로 가기 위해 준비하고 있는 아이들이 잠시 여기에 머물렀습니다.

이곳은 온통 신비스러운 파란 빛이 둘러싸고 있었어요. 이곳에 살고 있는 파란 아이들은 놀거나 뛰어다니거나 몽상에 잠겨 있었고 머지않은 미래, 지구에서 탄생할 발명품을 만드느라 분주했어요. 틸틸과 미틸이 도착한 것을 알아챈 아이들이 놀라서 달려왔어요.

"살아 있는 아이들이다!"

살아 있는 아이들! 파란 아이들은 지구에 대한 호기심으로 가득했습니다. 아이들은 틸틸과 미틸에게 질문을 쏟아내기 시작했습니다.

"엄마가 뭐야?"
"죽음이 뭐야?"
"이별이 뭐야?"
"슬픔이 뭐지?"

틸틸은 파란 아이들의 순진한 질문에 감동해 눈물을 흘렸지만 이 아이들은 눈물조차 알지 못했습니다.

"진주같이 빛나는 그건 뭐야?"

틸틸은 답했습니다.

"너희도 곧 알게 될 거야."

이번에는 틸틸이 파란 아이들에게 지금 만들고 있는 것이
무엇인지 물었어요.

"너는 모르니? 이곳에서는 지구에서 살게 되었을 때 세상
을 행복하게 할 무언가를 만들어야 해."

파란 아이들이 작업하는 곳 한가운데에는 이상理想의 기
계가 있었어요. 아이들은 이 기계에서 지구로 가져갈 발명
품을 만들고 있었습니다. 파란 아이들은 자신의 발명품을
보며 자랑스러워 했어요. 아이들이 만드는 것 중에는 눈에
보이지 않는 것도 있었습니다.

지구에 순수한 기쁨을 가져갈 아이, 불의를 없애러 가는

아이, 맹인이 되어 죽음을 이겨낼 아이, 병을 안고 잠시만 지구에 머물다 돌아올 아이……

그렇지만 빈손으로 떠나는 아이는 없었어요. 무언가를 반드시 가져가야 했습니다. 하다못해 무서운 범죄라도 가져가야 했어요. 미래의 왕국을 지키는 시간의 신이 빈손으로 떠나는 것을 허락하지 않았기 때문입니다. 시간의 신은 정해진 시간에 정해진 곳으로 파란 아이들을 보내는 일을 하고 있었어요. 시간의 신이 아이들을 문밖으로 내보내면 파란 아이들이 지구에 태어나는 것이었습니다. 서로 사랑하지만, 따로 떨어져 지구로 가야 하는 아이들도 있었는데 그 아이들은 지구에서 다시 만나자는 약속을 하면서 미래의 왕국을 떠났어요.

틸틸과 미틸은 미래의 왕국을 신기한 마음으로 구경했지만 이곳에도 파랑새는 없었습니다. 이곳에는 진짜 살아 있는 아이들이 되고 싶어 하는 파란 아이들이 살고 있을 뿐

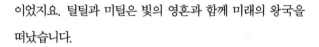

이었지요. 틸틸과 미틸은 빛의 영혼과 함께 미래의 왕국을
떠났습니다.

이제 작별의 시간이 왔습니다. 오두막집으로 돌아가는 문
앞에서 틸틸과 미틸, 빵과 설탕, 물과 불, 고양이와 개의 영
혼, 그리고 빛의 영혼이 인사를 나눴어요. 파랑새를 찾지
못한 틸틸과 미틸은 풀이 죽어 있었어요. 애타게 파랑새를
기다리고 있을 요정과 요정의 딸을 만날 면목이 없었지요.
틸틸은 슬픔에 차서 빛의 영혼에게 말했어요.

"결국, 나는 파랑새를 찾지 못했어요. 추억의 파랑새는 검
게 변했고 밤의 파랑새는 모두 죽었고 숲의 파랑새는 잡을
수가 없었어요. 파랑새가 색깔을 바꾸고 죽어 버리고 도망
가는 것은 내 잘못인가요?"

빛의 영혼이 말했습니다.

"우린 할 수 있는 일을 했어. 파랑새는 존재하지 않는다고
생각해야 해."

빵과 설탕, 물과 불, 고양이와 개의 영혼, 그리고 빛의 영혼
이 떠났습니다. 항상 제자리에 있다는 것을 기억해 달라고
부탁하면서 침묵의 세계로 돌아갔어요. 이렇게 파랑새를
찾지 못하고 실패만 가득했던 모험이 끝났습니다.

조용한 침묵이 흐르고 어디선가 엄마의 목소리가 들려왔
어요. 틸틸과 미틸이 눈을 떠 보니 그곳은 매일 밤 잠들던
오두막집의 작은 침대였어요. 틸틸과 미틸은 눈을 비비며
일어났어요. 빵과 설탕, 물과 불, 고양이와 개의 영혼, 그리
고 빛의 영혼은 모두 어디로 간 걸까요?

틸틸과 미틸은 엄마를 발견했어요. 틸틸과 미틸은 오랜 모
험 끝에 만난 엄마가 반가워서 어쩔 줄 몰랐어요. 틸틸과
미틸은 추억의 나라, 밤의 궁전, 숲과 묘지, 행복의 정원,

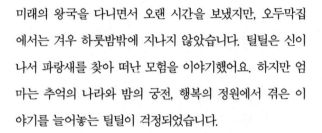

미래의 왕국을 다니면서 오랜 시간을 보냈지만, 오두막집에서는 겨우 하룻밤밖에 지나지 않았습니다. 틸틸은 신이나서 파랑새를 찾아 떠난 모험을 이야기했어요. 하지만 엄마는 추억의 나라와 밤의 궁전, 행복의 정원에서 겪은 이야기를 늘어놓는 틸틸이 걱정되었습니다.

"얘야, 너는 이 방에서 떠나지 않았단다."

틸틸이 돌아가신 할아버지, 할머니를 만났다는 이야기를 하자 엄마는 다급하게 아빠를 불렀어요. 틸틸과 미틸이 먼저 세상을 떠난 동생들처럼 병으로 죽는 것은 아닌지 걱정하며 울먹였어요. 하지만 틸틸과 미틸은 전혀 아프지 않았습니다. 오히려 힘이 펄펄 넘쳤지요.

잠시 후, 이웃집 아주머니가 찾아왔습니다. 자신의 아픈딸을 위해 틸틸의 새를 선물해 줄 수 없겠느냐고 물었어요. 엄마가 틸틸에게 집에 있는 멧비둘기를 이웃집 소녀에게 주지 않겠느냐고 물었습니다. 틸틸은 그때야 비로소 자신의 방에 항상 있었던 새장을 바라보았습니다. 그런데 그 새장 안에는 하얀 멧비둘기가 사라지고 파랑새 한 마리가 있는 것이 아니겠어요? 그토록 찾아 헤매던 파랑새가 늘 그 자리에 있어서 잘 쳐다보지도 않았던 새장 속에 있었던 것입니다.

이웃집 아주머니에게 파랑새를 선물하고 틸틸과 미틸은 천천히 집안 곳곳을 살피다가 깜짝 놀랐습니다. 오두막집은 예전 그대로인데 훨씬 아름답게 보이는 것입니다. 모든 것이 전과는 다르게 반짝거렸고 창밖으로 보이는 풍경도 훨씬 아름답게 보였어요. 주변에 있는 물건을 가만히 바라보면 그 안에 잠든 영혼이 보이고 모든 것이 행복해 보였어요. 틸틸은 이렇게 외쳤어요.

"난 더 이상 다이아몬드 모자가 필요하지 않아. 난 정말 행복해, 행복해, 행복해!"

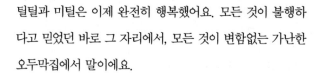

틸틸과 미틸은 이제 완전히 행복했어요. 모든 것이 불행하다고 믿었던 바로 그 자리에서, 모든 것이 변함없는 가난한 오두막집에서 말이에요.

틸틸과 미틸이 황홀함을 느끼고 있을 때 이웃집 아주머니가 딸과 함께 찾아왔습니다. 몸이 아프던 소녀가 파랑새를 보자마자 기운을 차리고 걸을 수 있게 된 거예요. 건강해진 소녀의 모습은 꼭 빛의 영혼을 닮은 모습을 하고 있었습니다.

소녀를 마주한 틸틸은 수줍었습니다. 엄마는 부끄러워하며 한 걸음 물러서는 틸틸에게 말했어요.

"틸틸, 친구에게 입맞춤해 주렴. 건강해진 걸 축하해야지."

틸틸은 차마 입맞춤은 하지 못하고 서툴게 소녀를 안아 주었어요. 그리고 틸틸과 소녀는 서로 말없이 바라보았습니다.

틸틸이 물었어요.

"새는 충분히 파라니?"

"그럼, 난 아주 만족해."

틸틸은 새에게 먹이를 주는 법을 알려 주려고 소녀의 손 안에 있는 새를 향해 손을 뻗었습니다. 그러자 소녀는 본 능적으로 저항했고 그 틈을 타서 새는 멀리 날아가 버리 고 말았어요. 그토록 찾아 헤맨 파랑새가 순식간에 다시 사라져 버린 것입니다. 깜짝 놀란 소녀는 절망에 찬 목소 리로 비명을 질렀어요. 허탈한 마음을 감추지 못하고 틸틸 은 파랑새가 날아가 버린 하늘을 향해, 그리고 사람들을 향해 말했어요.

"누군가 파랑새를 발견하면 우리에게 돌려주시겠어요? 우 리는 나중에 행복해지기 위해 그 새가 필요해요."

[참고 문헌]
모리스 마테를링크, 『파랑새』(지식을만드는지식, 2011)
최진석, 『노자의 목소리로 듣는 도덕경』(소나무, 2001)
김기태, 『지금 이대로 완전하다』(침묵의향기, 2013)

\* 우리에게 친숙한 『파랑새』의 주인공 이름은 치르치르와 미치르다. 치르치르와 미치르는 모리스 마테를링크<sup>Maurice Maeterlinck</sup>의 원작이 아니라 일본어로 번역된 『파랑새』를 바탕으로 우리말로 재번역하면서 생긴 오류다. 『파랑새 놓아주기』에 서는 모리스 마테를링크의 원서의 표기를 존중하고 우리말 외래어 표기를 따라서 치르치르를 틸틸<sup>TylTyl</sup>, 미치르를 미틸<sup>Mytyl</sup>로 표기했음을 밝힌다.

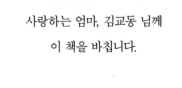

사랑하는 엄마, 김교동 님께

이 책을 바칩니다.